Ronso Kaigai MYSTERY 265

マクシミリアン・エレールの冒険

Henry Cauvain
Maximilien Heller

アンリ・コーヴァン

清水健［訳］

論創社

Maximilien Heller

1871

by Henry Cauvain

目次

主要登場人物

マクシミリアン・エレール……哲学者。弁護士
私……医師
ウィクソン博士……英国人医師

ブレア＝ルノワール……富豪。銀行家
ブレア＝ケルガン……富豪の兄
カスティーユ……富豪の甥
プロスペル……富豪の執事

ジャン＝ルイ・ゲラン……富豪殺しの被疑者

ジャン＝マリー……村に住む少年
イヴォンヌ……ケルガン館の謎の女

マクシミリアン・エレールの冒険

第一部

1

私がマクシミリアン・エレール氏と知り合ったのは、一八四五年一月三日の夜八時のことであった。その数日前、通りで声をかけてきた友人のジュール・H君は、挨拶を交わすと強く懇願しながら言った。

「少し前から、君に助けてもらいたくて、お宅を訪ねようと思っていたんですよ、ドクター。この近くに住んでいる昔の弁護士仲間のエレール君の健康状態がとても心配でね。僕ら彼の友人たちは初め、彼の病気は肉体的というより精神的なものであると考えていた。僕らは気晴らしにあらゆる手を尽くし、元気づけようと試み、かつては素晴らしく明晰だった彼の頭脳に活力を与えようと努めてきた。しかし、僕らの努力はすべて失敗したと認めなくてはならない。もはや科学に助けを求めるしかないんです。僕らの友情ではなし得なかったことも、君の医師としての力ならできるかもしれない。マクシミリアン君は頑固な性格で、より優れた知性にしか従わないと思う。そういうわけで近いうちに彼の家へ行って、哀れな青年をなんとか診てくれないか。君の親切には深く感謝するよ」

翌週、私は友人からの要望に応えるために新しい患者の家へ赴いたが、この訪問はあまり気が進まなかった。マクシミリアン・エレール氏は不愉快な変わり者で、ひどく気難しい男だと聞いていたからである。彼はサン・ロックの丘の曲がりくねった通り沿いに住んでいた。

彼の住む建物はとても狭くて、正面には窓が二つしかなかったが、その代わり不釣合いなほどに高かった。

建物は六階建てで、その上に屋根裏部屋が二つあった。

一階には果物屋があり、通りに面して緑色に塗られていた。

低い戸口は上部が格子張りになっており、建物の中へと通じていた。

足下の寄せ木張りの床をきしませながら長くて暗い廊下を進むと、いきなり虫食いだらけの古びた階段が二段あり、暗がりの中ではほとんど見えないため、当然ながらこの段差に蹴つまずくことになる。

その蹴つまずく音が、訪問者が来たことを門番に知らせるのである。

これはとても巧妙な方法で、確かに呼び鈴の経費を節約することになる。

暗がりでうっかり蹴つまずくと、階段の下にある小部屋から魔女のようなぎすぎすした声が聞こえてきて、私はさらに不快な気持ちに襲われた。

「何の用だい？　誰のところに行くんだい？」姿の見えない地獄の番犬《ケルベロス》が怒鳴った。

「マクシミリアン・エレール氏はご在宅ですか？」私は声のする方を向いて答えた。

「七階の右の扉！」この奇怪な門番は手短に答えた。

私は階段を上り始めた。

無知によるものか仕事を簡略化するためか、建築家はこの階段を通常の螺旋階段にはしなかった。

いくつもの真っ直ぐな階段が続いていて、階段の先には狭い踊り場があり、そこに面して各部屋の黒ずんだ扉があった。

私はやっと七階にたどり着いた。

狭い廊下の奥に見える薄明かりが道しるべとなった。

その薄明かりは右側の最初の扉のそばにある釘にかけられて燻《くゆ》る小さなランプのものだった。

『ここだな！』と思い、私はそっと扉をノックした。

「どうぞ」弱々しい声が返ってきた。

掛け金しかかかっていなかったので、扉を押して、私はマクシミリアン・エレール氏の部屋に入った。

その部屋は奇妙な光景を呈していた。

壁はむき出しで、ところどころ粗末な壁紙が剝がれずに残っていた。

左側には青緑色の褪せた薔薇柄のカーテンが横木から吊り下がり、明らかに壁のくぼみに置かれた寝台を隠していた。

小さな暖炉には泥炭が燃えている。

この質素な小部屋の中ほどに置かれたテーブルの上には、書類や本が見事な乱雑さで積み上げられていた。

マクシミリアン・エレールは暖炉のそばの大きな安楽椅子に長々とのけぞっていた。頭を後ろにそらせ、足を薪台の上に載せていた。骸骨のように痩せた身体を長い外套でくるんでいた。

彼の前では、灰の中で小さなブリキの湯沸かしが音を奏で、炉床に隠れているコオロギと対話していた。

マクシミリアンは大量のコーヒーを飲んでいた。

大きな猫がふさふさした胸の下に爪を引っ込め、目を半分閉じて、退屈そうにごろごろと喉を鳴らしていた。

私が部屋に入ると、猫は背を丸めて起き上がったが、主人はじっとしたまま動かなかった。

彼は身動き一つせず、天井を見つめ、白くほっそりとした手を椅子の肘かけに置いていた。

私はこの応対に驚いて一瞬たじろいだが、それでもこの風変わりな人物に近づいてゆき、訪問の目的を告げた。

「ああ！　あなたでしたか、お医者さまというのは？」頭をわずかに私の方に向けて彼は言った。「あなたのことは確かにうかがっています。どうぞおかけください。ところでおかけいただく椅子はあるかな？　あっ、ほら、その隅に一脚あります」

私は彼が指差した椅子を取り、彼の隣に腰かけた。

「あのお人好しのジュールときたら！」彼は話を続けた。「この前訪ねて来たとき、僕の具合がとても悪かったので、名医をよこしてくれると約束してくれて……あなたがその名医なんですね？」

私は微笑んで会釈した。

「ええ、ひどく苦しいんです……しばらく前からめまいがして、明かりがひどくまぶしくて……いつも寒気がします」

彼は暖炉に向かってその長身を乗り出し、火箸で火をかき立てた。燃え上がった炎は、この風変わりな男の顔を赤い光で照らし出した。せいぜい三十歳くらいであろうか。しかし目の周りには黒い隈ができ、唇には血の気がなく、白髪まじりで、手足は小刻みに震え、まるで老人のようだった。

彼はどすんと安楽椅子にのけぞり、私に手を差し出した。

「熱はありませんか？」彼は訊ねた。

その手は燃えるように熱く、脈は速くて不規則だった。

私は通常の問診をひと通りした。彼はこちらに顔を向けることなく弱々しい声で答えた。

問診を終えた私は『この男はもう助かるまい！』と思った。

「かなり悪いんでしょう？　あとどのくらい生きられると思いますか？」私をじっと見つめながら彼は訊ねた。

私はこの奇妙な質問には答えなかった。

「もう長いこと具合が悪いのですか？」と訊ねた。

「ああ、そうです！」その口調に私はぞっとした。「ああ、その通りです！　ここが」彼は額に触れながら言い添えた。

「処方箋を出しましょうか?」

「お願いします」彼はうわのそらで答えた。

私は本や原稿が山積みになったテーブルに近づいて、蠟燭のゆらめく明かりで手早く処方箋を書いた。

処方箋を書き終えたとき、私のそばに病人が立っていて、奇妙な笑みを浮かべながら私が書いた数行を見つめているのに気づいて驚かされた。

彼は処方箋を手に取り、しばらく考え込んでから肩をすくめた。

「薬か!」彼は言った。「いつでも薬だ! これで僕を治せると、先生は本当に信じていらっしゃるのですか?」

そう言いながら、物憂げな大きな目で私を見据え、処方箋を手でくしゃくしゃに丸めて炎の中に投げ込んだ。

それから暖炉にもたれかかって、私の手を取った。

「どうぞお許しください」突然穏やかな声になって彼は言った。「感情的になってしまって申し訳ありませんでした。しかし、いやはや! あなたは奇妙な考えをお持ちですね! あなたはお若いから」変わらぬ笑みを浮かべたまま話を続けた。「医学が万能であると信じていらっしゃる」

「もちろん!」私は少し厳しい口調で反駁した。「あなたは健康状態に即して治療を受け、食養生されることが最善と信じますが……」

「僕の精神状態のことをおっしゃりたいのですね？　気が狂っているとお考えなのでしょう？……まあ、ごもっともです。僕にとっては、頭脳がすべてを支配し、すべてを操っているのです。ここは絶えず沸き立っている。僕を焼き焦がすこの炎は一瞬たりとも休ませてくれません……思考！……思考！……ああ！　こいつが僕を絶え間なく喰いつばむ禿鷹なのです！」

「なぜその過酷なくびきから解き放たれようとされないのですか？　なぜあなたの心に休息と気晴らしを与えないのですか？」

「薬、気晴らし！……」彼は激しい口調でさえぎった。「あなた方は皆同じだ！　薬は薬局で買えるし、気晴らしは劇場の入口で買えるのですよね？　そして治るはず……もし治らなければ、死ぬしかない……。そして医師は何ら咎められることはない……」

2

「それでは、ご両親もお友だちもいらっしゃらないのですか？……」

　彼は再び私をさえぎった。

「両親ですか？　いません！……父は僕が生まれて間もなく、とても若くして亡くなりました。哀れな母は……」この言葉を発するとき、彼の声が変わったように思う。「哀れな母は生涯のうち二十年間というもの、僕を育て、素晴らしい自由な教育を与えようと働き続けました。母は苦しみながら亡くなりました！　なんという運命の皮肉でしょう！　母が亡くなった八日後、僕はいることさえも知らなかった年老いた伯父が遺してくれた、ちょっとした財産を相続したのです。友だちですか？　ええ、何人かいますよ。まず、ジュール君。好青年ですが、笑い過ぎる。それが僕の気を滅入らせるのです。それからあなたもご存知の人たちで、親切にも僕にあなたの治療を勧めてくれました。彼らも僕が狂っていると信じていて、彼らの中にいると、僕はからかいの的にされるのです。大きな目、長い髪、大きな鼻、そして物憂げな表情の僕は、彼らの笑い者、道化というわけです！……それが僕の友だちですよ！　そこのテーブルの上に本や書類の束がありますよね？　僕が我を忘れて仕事に打ち込んできたことが、これでわかるでしょう。弁護士の資格を得て、法廷で弁護したこともあります……。しかしやがて、自分の努力や仕事が結果として悪党を豊かにしたり、処刑台に送られて当然の者を救い出すことにしかならないことに気づいたのです。僕はこの職業が恥ずかしくなりました！……哀れな頭脳をなだめ、僕を焼き焦がす炎を消すために、ひたすら書き続けました。薬に効き目はありません。どうなさろうというのです？　僕は哲学者であり、哲学者として死ななくてはならないのです」

彼は長いこと沈黙した。

「しかしながら」ようやく彼は再び話を続けた。「僕が人間を憎んでいるとは考えないでください……。もちろん、そんなことはありません。しかし人間なんて無益に思えるのです。その精神も仕事も才能も僕には不要です……。そう、そこの暖炉にある燃えさしや、湯沸かしがことこという音、猫が喉をごろごろ鳴らす音の方が、僕に着想を与えてくれるのです。その詩は偉大な詩人のものより千倍も美しく、その思想は道徳家のものより千倍も創意に富み、その洞察は最も高名な説教師らより深遠であると同時に高尚なのです。それではなぜ、僕は人々の著作を読むのでしょうか？　なぜ、僕は耳を傾けるに値しない彼らの話を聴くのでしょうか？……もう長いこと、僕はずっとこの部屋の中、この安楽椅子の中で生活して……思索、絶えず思索してきたのです。絶え間ない作業です。僕はここに」彼は額に指を当てて続けた。「僕はここに、衰退し堕落した社会を再生させられる政治経済学の概論を持っています……。人類の知識のすべてを一つにまとめ、教授らが囚われている旧弊の束縛から解き放つことで広げられる哲学大系を持っています！　あなたたちが住んでいる家よりも快適な家の設計図があります。フランスを広大な庭園に変えて、住民がそれぞれ生産活動を担える農業計画があります。現行法に欠けている公平さと権利のすべてが揃った法典を持っています。しかしそれを白日のもとにさらして何になるのでしょう？　それで人類がより良くなるのでしょうか？　僕にはどうでもいいことです！　僕の苦痛は和らぐでしょうか？　いいえ。屋根裏部屋いっぱいの原稿を見てください。これらはここから出てきたのです……それでも相変わらず僕は苦しみ続けているのです」

彼は安楽椅子に身を投げ出し、炎のように続けた。

「なぜこの内なる炎がかくも激しく焼き尽くしているのか、まだお知りになりたいですか？　なぜなら僕は泣いたことがないからです！　ええ、一度たりとも、まぶたを濡らしたことはないんです！　僕の目の周りは黒ずんでいますよね、これがその証拠です。この額の皺、この血の気のない唇が見えますか？……これは涙という慈しみの露が僕の苦痛を洗い流すことも、苦悩を癒すことも決してないからです。すべては僕の中で起こり、僕からは何も出ていかないのです」

ここで彼の声の調子が変わった。

「他の人なら、苦しいときには友人の胸に飛び込んで慰められるのでしょう……僕にはそれができません。僕は、先ほども言った通り、絶え間なく僕を支配する過酷な思考という、地獄の禿鷲につついばまれるプロメテウスなのです！　僕の苦痛は鋭い鉄剣のようなもので、それを遠くへ放り投げたとしても、さらに激しく僕の胸に戻ってきて、心臓に突き刺さるのです！……ところがなぜだかわかりませんが、あなたは僕に信頼を抱かせ、あなたにすべてを話しています。いずれにせよ、僕はもう長いことないでしょうが、死とともに僕の秘密が失われてほしくないのです。

これからあなたに語ることはすべて、そこに書かれています……」

彼は部屋の片隅に放られて埃をかぶった書類の束を指差した。

「しかし結局のところ、あれがあなたにとって何になるというのでしょう?……」

「いえいえ、続けてください」私は熱心に言った。「どれほど私が興味を抱いているかわかりますか!」

実際、私はとても心を動かされていた。

「どこまでお話ししましたっけ? ああ! ここはなんて暑いんだ! 頭が万力で締めつけられるようだ……氷があれば良くなると本当に思いますよ……窓を少し開けてもらえますか?」

私は彼の求めに応えるために立ち上がった。そばに戻ると、彼は目を閉じ、ぜいぜいと息をして、こめかみには汗がうっすらと浮いていた。彼は眠っていた。

激しい努力によって気力を消耗し、眠っている気の毒な男を、私は長いこと見つめていた。目の前にいる彼は、血の気が失せて身動きもせず、生気なくじっとしていた。

炎が最後の輝きを放ち、マクシミリアン・エレールの顔を照らすと、とても幻想的で、奇妙な美しさを見せた。

三十歳にもならずして、人間は《無駄》であると考えて世間から隠遁した哲学者、夢に殺された夢想家、過剰な思索によって消耗して死にゆく思索家というのは、奇妙で悲しい光景だった。

マクシミリアン・エレールと交わしたばかりの言葉に、私はこの不幸な青年に対してなぜだかわからない不思議な共感を覚えていた。じっと彼を見つめながら、人を仲間と結びつける目に見えない絆は、彼においては本当に永遠に断ち切られてしまったのか自問し、そしてどうすれば彼の魂と肉体を消耗させているこの苦しい心の病を治せるのかを探し求めて、私は考え込んだ。

3

この興味深い病人と再び面会するため数日中に再訪しようと決心して帰ろうとしたとき、階段をゆっくりと上がってくる重々しい足音が聞こえた。私は耳をそばだてた。足音が近づいてくる。これは幻聴だろうか。嗚咽さえ聞こえるような気がした。

そして乱暴に扉をノックし、荒々しく叫ぶ声がした。

「警察だ、扉を開けたまえ！」

猫はかんしゃくを起こして飛び跳ねた。マクシミリアンは重たげにまぶたを開けた。彼の最初の一瞥は私に向けられた。

「ああ！　そうだ！……思い出しました……」消え入りそうな声で彼は言った。「しかし、どうして僕を起こしたのですか、先生、こんなノックをして……」

二度目のノックが虫食いのある戸板で鳴り響いた。

「いったいどういうことなんだ？」マクシミリアンは眉をひそめて言った。「開けてもらえませんか、先生……」

私は扉を開けた。

三色綬をたすきにかけた大柄な男が戸口に姿を現した。陰気な風貌の男が数人、その後ろに控えている。

「失礼します、ムッシュ」新たな来客は私に何度も頭を下げて言った……。「夜分遅くにお訪ねして……しかし、これも職務でして……明日に延ばすことはできないのです。あなたがマクシミリアン・エレールさんですね？」

マクシミリアンは起き上がり、穏やかな眼差しで三色綬をかけた男を見た。

「いいえ！」一歩前へ進み出て彼は答えた。「マクシミリアン・エレールは私です」

「ああ！　大変失礼しました、お姿が見えなかったので。お宅は少し暗いものですから、お若いの。まずはご安心ください、私の三色綬をご覧になっても何も恐れることはないと申し上げておきます」

「ムッシュ」哲学者はぶっきらぼうに言った。「私はとても具合が悪いのです。ですから、あなたがいらした用件を手短に述べて、あとは私に必要な休息をとらせていただけますか」

この初対面の太った男を飾っていた三色綬は、その身分を充分に示していた。公務を執行中の尊敬すべき警視である。

私は束の間、マクシミリアンのぶっきらぼうな言動に、この官吏が厳しい反応を引き起こさないか心配した。

しかし幸いにも、警視は長い間の習慣によって培われた温和さ、忍耐強さ、礼儀正しさという長所の持ち主であるらしかった。職務を執行する際、極めてぶっきらぼうで反抗的な連中とぶっかることにも慣れていたので、この官吏は驚くほどの度量を身につけていた。彼の心は、あらゆる人間的な感情——それは宗教のように、司法に仕える者に求められる確固たる平静心を損ないかねない——に対して鈍く、動じなくなっているのであろう。

「ご同行いただけますか、ムッシュ」警視は丁寧に答えた。「なるべくお時間をとらないようにしますから。私たちはあなたの証言が必要なのです」

マクシミリアンは椅子からやっとの思いで立ち上がった。彼はとても弱っていて、私はこの病人に腕を貸して付き添う許可を官吏に求めなくてはならなかった。

ビヤンアシ氏は——それが当局の威厳ある代表者の名前である——あっさりと承諾した。

私たちは長くて暗い廊下を通って、暗がりでほとんど見過ごしてしまいそうな扉にたどり着いた。

巡査が小さなランプを掲げて錠に近づけると、警視が連れてきた職人が瞬く間に錠をこじ開けた。

冷たい空気がひと吹き、私たちの顔をなでた。

「ふむ！」私の後ろにいた巡査がつぶやいた。「出かける前に窓くらい閉めておけよ！」

「ギュスターヴ！」ビヤンアシ氏が後からついてきた男たちの一人に振り向いて言った。「蠟燭をつけて、その天窓を閉めてくれ」

巡査は命令を実行した。私たちはマクシミリアンの住まいよりもさらに狭い屋根裏部屋へ入った。家具といえば、テーブルと椅子が二脚、寝台があるだけで、寝台の上には粗末な藁布団が敷いてあった。

部屋の隅には、南京錠のかかった黒い木箱があった。

警視はテーブルのそばに腰かけ、大きな書類鞄に入っていた数枚の書類を目の前に並べた。そして、マクシミリアンに隣の椅子に腰かけるよう勧めてから、指で合図すると巡査がすぐに扉に近づいて大声で言った。

「被疑者を連れてこい」

私はエレール君の後ろに立っていた。

足音が廊下に響き渡った。その直後、屋根裏部屋の戸口に、髪を振り乱して目を血走らせた顔面蒼白の男が姿を現し、二人の巡査に両腕を支えられて辛うじて歩いてきた。

「こちらへ」ビヤンアシ氏は金縁眼鏡越しに、部屋に入ってきた男を注意深く観察した。

男は二人の巡査に支えられながら部屋の中へ入ってきた。

「君の名前はジャン＝ルイ・ゲランだな？」ビヤンアシ氏が訊ねた。

この哀れな男は呆然とした目で警視を見つめるばかりで、返事はなかった。

「八日前からブレア＝ルノワール氏のもとで働いているな？」

返事はなかった。警視は冷静に追及していった。

「どんな罪で告発されているのかわかっているな？　主人を毒殺した容疑だ。これにどう答える？」

被疑者は痙攣したように震えていた。しゃべろうと口をぱくぱくさせたが、恐怖が喉を締めつけ、言葉にならない音を発しただけだった。

「いいかね、ゲラン」警視は視線を被疑者の顔から一瞬逸らして前に置かれた書類へ落とし、それを仕分けるふりをした。「我々は裁判官でも死刑執行人でもないし、君を陥れようとしているのでもない。恐れずに話したまえ。とにかく言いたいことを話すのだ。君は無罪かもしれないが、君にかけられた嫌疑は極めて深刻なものだ。注意しておくが、沈黙して狼狽していることは悪く解釈され、君に不利な証拠として採用されるかもしれない。君は一昨日、ルグラ薬局で砒素を購入したことを認めるな？」

被疑者は拘束している手を振りほどこうと激しくもがいたが、しかしそれは無駄だった。そんな試みは空しく、逃れることは不可能だと気づいた。すると目に涙をあふれさせ、しゃくり上げて声を詰まらせた。

「放してください！」彼は叫んだ。「放してください！……私は無罪です！　ねえ！　みなさん、私は誠実な男です、それは誓います！　私は地方から出てきましたが、故郷で訊いてみてください……私は誠実な男です！……私には哀れな年老いた母がいます……お金を稼ごうとパリに出てきたんです。母は身体が不自由で働けないものですから……。この私が人殺しだなんて！……ああ！　神よ！」

彼は手錠をかけられた両手を組み、天に向かって突き上げようとした……そして急に力が抜けたようになった。彼は深くため息をついた。もし巡査が支えていなかったら、屋根裏部屋のタイル張りの床にうつ伏せに倒れてしまっただろう。

「その寝台に寝かせろ」ビヤンアシ氏は小部屋の隅に置かれた粗末な寝台を指差して言った。

マクシミリアンは痩せた長い手を警視の肩に置き、苦々しい笑みを浮かべながら言った。

「ムッシュ、あなたはこの男が殺人犯だとおっしゃるのですか?」

ビヤンアシ氏はちょっと驚いた表情で振り向き、首を振った。

「この男には圧倒的に不利な証拠があります」私たちにしか聞こえないように声をひそめた。「しかし彼は犯罪者のようには見えません。私にはわかっております、ムッシュ、次の二つに一つであると申し上げておきましょう。この男は完全に無実であるか、あるいは恐るべき凶悪犯にして素晴らしい役者であるか……」

ビヤンアシ氏は巡査の一人に再び合図して、気絶しているふりかもしれないので被疑者から目を離さないよう命じた。そして、彼の近くに立って指示を待つ錠前屋に振り向いた。

「このトランクを開けろ。急いでくれ」

錠前屋は金槌を打ちつけて、黒い木箱にかかっていた南京錠を壊した。するとビヤンアシ氏は蠟燭を手に持って近づき、蓋を持ち上げた。

トランクには粗末な衣服や農夫の下着がぎっしり詰まっていた。衣服には丁寧にブラシがかけられていた。下着はまばゆい白さで、田舎のラベンダーの香りを発していた。これらの質素な品物はすべて整頓され、その細心さは女性の手、心遣いと配慮の行き届いた母親のぬくもりが、その慎ましい支度品に込められていることを物語っていた。

哀れなゲランは意識を取り戻すと、椅子に腰かけさせられた。目には涙をいっぱい浮かべ、巡査らがこの丁寧に整頓されたものをひっくり返して、哀れな若者の古着を広げたり、振ったり、ポケットを探ったり、裏地を触ったりする動きを見ていた。

「おや！　リボンだ！」突然、巡査の一人が木箱の隅から、薔薇色のリボンで束ねられた色褪せた花束を引っ張り出しながら言った。

巡査は笑いながらそれを同僚に放り投げた。

「持っていけよ、ギュスターヴ、婚約者にあげたらいい」

ビヤンアシ氏は巡査に怒りの眼差しを投げかけた。この残酷な冗談を聞いて被疑者は椅子から立ち上がり、つながれた両手を互いに強く握りしめた。

マクシミリアン・エレールも立ち上がり、この光景を暗い表情で見つめていた。

「警視さま」被疑者は哀願するように言った。「あのリボンを返していただけませんか？」

「こっちによこせ」ビヤンアシ氏が言った。

警視はしばし花束を丹念に調べ、手で触り、一瞬躊躇したようだったが、ようやく花束を被疑者に返すよう命じた。

巡査らは警視の注意深い監視のもとで家宅捜索を続けたが、いくら衣類をひっくり返したり、トランクの隅々まで指を入れて調べても、探しているものは見つからなかった。

「トランクはもういい」捜査が徒労に終わったのを見て、とうとうビヤンアシ氏が言った……。

「ちょっとこの藁布団を調べろ……ひょっとすると金はそこにあるかもしれない」

藁布団がひっくり返され、引き裂かれたが、成果はなかった。

それでも警視は気落ちしなかった。彼は巡査に命じて、部屋の床に敷かれたタイルを細心の注意を払って調べさせた。金を隠すためにくり抜かれているかもしれない椅子の木枠を壊させた。テーブルは分解され、壁は金槌で叩いて調べられた。暖炉の灰もかき回された。

この緻密な作業に一時間近く没頭した挙げ句、とうとう巡査らは疲れ切って作業をやめ、一日中田園を探し回ったにもかかわらず獲物の足跡さえ見つけられなかった猟師のように、がっくりして互いに顔を見合わせた。

「考えられん！　まったくもって信じられない！」ビヤンアシ氏は両手で頭を抱えてつぶやいた。「あの金はどこへ行ったんだ？　この男はパリを知らないし、共犯者がいないことも明らかだ……。犯行があったのは昨日、一時間前に彼を逮捕したのだから、盗まれた金を処分することなど不可能なはずだ！」

哲学者は警視の独り言にはまったく注意を払っていないようだった。その視線はゲランに据えられ、気が動転した彼の顔を興味深そうに見つめていた。

しばらく考え込んだ後、ビヤンアシ氏は被疑者に改めて働きかけることに決めたらしかった。

「我々の捜索の結果は君に有利なようだ。しかしながら司法警察が捜査を断念するとは思わないことだ。殺人のあった夜に大金が盗まれた。これを見つけ出さなければならない。いずれ見つかるだろう。最も深刻な嫌疑が君にかけられている。君がブレア＝ルノワール氏殺人犯であることをあらゆる証拠が示している。証拠は明白で確たるものだ。君が助かる方法は一つしか残されていない。率直さだ。犯行を自白し、盗んだ金の隠し場所を白状し、共犯者の名前を明かすのだ。

司法警察は率直さを斟酌し、君は直面する極刑を免れられるだろう」

　被疑者はかすれ声でつぶやいた。

「私は無実です！」

「よく考えたまえ。明日では手遅れかもしれないぞ。司法警察が君の隠したものを見つけ出すだろう。それから自白しても遅いんだぞ」

「私は無実なんです！」

「よろしい。もはや君に話すことはない。予審判事が何をすべきか知っているからな」

　そしてビヤンアシ氏はマクシミリアン・エレールの方を向いた。

「申し訳ありませんでした、ムッシュ、こんな場面に立ち合わさせてしまって……。しかしあなたの証言が貴重かもしれないので、被疑者についてご存知のことをすべてお話しください。職を見つけるまで、彼はあなたの部屋の隣室に八日間いました。彼の挙動で何か不審なことにお気づきになりませんでしたか？」

「ああ！　そのために私を呼び出したのですね？」

「そうです。しばらくそばで暮らせば、隣人の習慣や交際に気づかないことはありません。彼がここに滞在していた短い間、誰かが訪ねてきませんでしたか？……話し声が聞こえたことはありませんか？……昼間や夜中にひんぱんに外出していませんでしたか？」

　哲学者はそれには答えずに立ち上がり、ゲランに近づくと、穏やかな深いまなざしで見つめた。

「あなたはご結婚されるのですね？　故郷に戻られて？」

「はい、ムッシュ」被疑者は怯えた大きな目をきょろきょろさせながら答えた。

「よろしい！　結婚式の衣裳を注文しなさい。そして警視さん」口をぽかんと開けて見ていた警察官にぶっきらぼうな声で続けた。「この人の面倒をよく見てやってください。今から二か月もしないうちに彼は自由の身になるのですから！」

そして長い褐色の外套をまとい、マクシミリアン・エレールは風車に立ち向かうドン・キホーテのような堂々たる態度で部屋を出て行った。

私が警視の方を向くと、書類を手早くかき集めながらつぶやいていた。

「奇妙だ！　何もかもまったく奇妙だ……」

「私の友人を許してやってください、警視さん」私は少し当惑しながら言った。「彼は病気なんです、ご理解ください……」

「君のご友人にはね、ムッシュ、予審判事の前で説明していただきたいですな」警視は忌々しそうな口調で答えた。「私としては自分の職務は終わりましたから、報告書を提出しておきます」

こう言い終えると、警視は被疑者を取り囲む巡査らを引き連れて出て行った。階段から足音が一歩ずつ遠ざかってゆき、やがてすっかり静寂が戻った。

4

私は急いでマクシミリアン・エレールと合流した。

彼は安楽椅子に座り、消えかかった火を火箸でかき回していた。

「それで」私は言った。「あなたはこの事件をどう考えているのですか?」

彼は肩をすくめた。

「ルシュルクとカラス（ジョゼフ・ルシュルクとジャン・カラス。ともに冤罪で処刑された）は、人間による裁きに殉じた者の仲間を迎えることになるでしょうね」彼は穏やかに答えた。

「あの男が無実だと信じているのですね?」

「ええ、そう信じています……しかし、いずれにせよ、それが何だと言うのです?」

彼は安楽椅子に深く腰かけ、目を閉じた。このように無関心を装っているにもかかわらず、何か奇妙な感情を覚えていることは容易に見てとれた。絶え間なく震える手を、熱に浮かされたように椅子の肘かけに沿ってなで下ろしたり上げたりしていた。

彼が頭脳を活発に働かせていることは明らかだった。燃えたぎる想像力は、なおも目の前で起きたばかりの悲しい光景で占められていた。

「あなたの態度が」私は微笑みながら言った。「あの厳めしい警視の心にいささかの疑念を抱かせたことはおわかりですね？　証言を拒否して、共犯者と見なされることは恐ろしくないのですか？　ひと昔前なら、あのような行為はあなたを絞首刑にするのに充分でしたよ」

「そうですね、しかしご存知の通り、ある高名な警察官（おそらく元徒刑囚でのちのパリ警視庁捜査局長フランソワ・ウジェーヌ・ヴィドック）が被疑者に四本線を手書きさせて有罪を宣告した時代もありました。これで僕の沈黙がご理解いただけるでしょう」

そのとき、サン・ロック教会の時計が深夜十二時の鐘を打った。

「お疲れでしょう」私はマクシミリアンに言った。「私はこれでおいとまします」

「実のところ、今夜はいつもより疲れを感じています。寝台に横になって、眠るために阿片を少しやることにします。それがどうしても必要なのです」

別れの挨拶をしたとき、彼は執拗なまでにこう言った。

「明日の朝早くに来てください。お待ちしています。あなたと話をしたいんです。来てくれますね？」

「お約束します」

そして握手をして別れたが、今夜見たばかりの出来事にいまだに心が動かされていた。

マクシミリアン・エレール氏の家から出ると、私は夕刊紙を買って三面記事に続くこの記事を読んだ。

謎の事件がリュクサンブール区を驚愕に陥れている。巨万の財を築いて数年前に金融界から引退した著名な銀行家、ブレア＝ルノワール氏が一昨日の朝、ベッドで亡くなっているのが発見された。当初、死因は卒中の発作と考えられた。ブレア＝ルノワール氏は過度の肥満体で、引きこもりがちの生活を送っていた。しかし間もなく、この著名な百万長者の死は犯罪によるものであることが判明した。故人の甥であるカスティーユ氏は、ブレア＝ルノワール氏の書卓がこじ開けられ、書類がかき乱されていることに気づいた。隣のテーブルにグラスが置かれており、その中に残っていた数滴のリキュール酒から、化学分析によって砒素の痕跡が見つかった。故人は遺言書を残していない。このため彼の巨万の遺産はすべて兄のブレア＝ケルガン氏に引き継がれる。

さらに記事は次のように続いていた。

この記事が印刷される直前、司法警察がブレア＝ルノワール氏殺害犯を逮捕したことがわかった。犯人はゲランという名前の使用人で、故人がわずか八日前に雇ったばかりだった。卑劣極まる強欲に駆られて、この罪人は主人を毒殺したのである。彼は自室に鼠が出ると騙って砒素を購入した。ブレア＝ルノワール氏が毎晩飲むのを習慣としていた飲物にその毒を盛ったのは疑いない。容疑者は無実を主張し、白痴のふりを装おうとしたものの、あまりにもひどい嘘なので逮捕状が出された。彼は現在、法の拘束下にある。かくして、奇怪な展開と好奇心をそそる内情を告げるかと思われた犯罪は、単なる窃盗事件に過ぎないことが明らかになった。

遺言書は依然として見つかっていない。

5

翌日十時頃、恩師のB医学博士が私を訪ねてきた。どこか心配そうで、気がかりなことがある様子だった。

「ブレア＝ルノワール事件の話は聞いているかね？」少し会話を交わしてから彼はこう訊ね、眼鏡越しに私を見つめた。

私は、前夜に買った新聞を見せた。

「この新聞に書かれていることしか知りません」私は答えた。

「ああ！　しかし……これがとても深刻な事件で、とりわけ謎めいているのは知っているかね。私は昨夜、遺体の検死解剖に呼ばれたのだ。長時間にわたって忍耐強く調べたのだが、砒素の痕跡すら見つけられなかったなんて信じられるかね？」

「これには警察も途方に暮れているようですね」

「とにかく警察はとても驚いていて、初っ端から自説が覆されてあまり面白くないと思う。しかし、警察がやられたままでいるわけがない。今朝この手紙を予審判事から受け取った。予審判事には昨夜すでに報告書を送っておいたが、今日、鑑定をやり直すよう求めてきたのだ」

「何のためにですか？」

「わからない。しかし、極めて興味深いことがある。この件で私に反論するために警察は誰を立ててきたと思うかね？」

「いったい誰ですか？」

「ウィクソン博士だ！」

「何ですって！　十年前に触れることができないほど微細な粉薬でパリで大評判となった、あの策謀家ですか？」

「あの男だ」

「先生が真の科学の名において激しく戦った、あの男ですか？」

「そうだ。アカデミーは私が正しいと認めたが、世論は私が間違っていると断じて、インドの秘薬に熱狂した。とにかく、あの男がパリにいる。いかなる偶然によるものかはわからない。彼は死んで葬られたものと思っていた。彼はかつてないほど流行に乗っていて、君も知っての通り、司法警察は疑似科学に与することに頓着していない。この予審判事の記憶力がもう少しよければ、かつて激しく戦った男を相手に議論しなければならない立場に私を選任することはなかっただろう。わかっているだろうが、私はこの鑑定に行くことはできないから、私の代理を頼みたいのだ。君は毒物について深く研究してきたし、私と同じくらい能力があるからな」

私は、この偉人がささやかでも関心を抱いてくれていたという、お世辞に頭を下げた。

「それでは承知してくれるね……ならば一時にカセット街一〇二番地に行ってくれたまえ――そ

こが故人の住まいだ。これは私から予審判事に宛てた手紙で、中には約束に欠席する旨を記してある。この手紙を彼に渡してくれたまえ」

B博士は立ち上がり、心を込めて私と握手した。

「さあ、君、司法官が納得するよう努めてくれたまえ。とりわけウィクソンの厚かましさに狼狽させられないように。我々の伝統ある職業の名誉は君の手に委ねられていることを忘れるな。無知とペテンから守るのだ。鑑定が終わったら、すぐに議論の結果を忘れずに報告してくれたまえ」

話している間、B博士の声は少し震えていた。黒くて生き生きとした目をきらりと輝かせ、私が挑む戦いに老教授が並々ならぬ関心を寄せていることを物語っていた。ウィクソンは世界で唯一人、善良なB博士が憎悪を抱く男だった。

私はB先生に、彼の意見の勝利を確たるものとし、真の科学原理の栄光を守るために全力を尽くすと約束した。

一時間後、私はマクシミリアン・エレール氏の部屋にいた。

哲学者は前日より落ち着いているようだった。熱はほとんど引いていた。

「今朝は気分が好いんです」彼は私に言った。「昨日、あなたがつき添ってくれたおかげで、とても気持ちが楽になりました。滅多にないことですが、孤独に苛まれるときがあります。昨日はある思い出、誕生日の記憶に悩まされて……ひどかった……。とにかく、そんなことはどうでもいいんです。あの謎の事件について何か詳しいことをご存知ですか？　僕は一晩中考えていました。もちろん、あの男は犯人ではありません」

私が新聞を渡すと、彼は注意深く記事を読み、そしてつぶやいた。

「この事件の結末を、ぜひ知りたいですね」

「お望みならば、犯行のあった屋敷へお連れして、検死解剖に立ち会えますよ」

「本当ですか！」哲学者は驚いて私を見つめて叫んだ。「いったいどういうわけですか、教えていただけますか？」

私は先ほどB先生と交わした会話について、そして私が引き受けた役目について述べた。

「ぜひとも、ご一緒します！」マクシミリアン・エレールは決然とした口調で言った。「僕はすべての意味するところを知る必要がある。この部屋から外へ出るのは二年ぶりのことだ。まるで新しい人生に乗り出すようだよ。もし僕があの男を処刑台から救い出したら、あなたは何とおっしゃいますか？　不思議じゃありませんか？　この僕が人助けをするなんて！　しかし違います。僕が行動するのは人類愛のためではなく、むしろ、社会の組織のあらゆる欠陥を立証するためなのです。なぜなら僕がいなければ、そして事態が自然な推移をたどれば、人間の裁きによって無実の者が有罪判決を受け、死ぬことになるからです」

私は微笑を禁じ得なかった。

「つまり、ゲランは犯人ではないと信じているのですね？」

「ええ」

「彼の無実を証明できる自信があるのですね？」

「ええ」

「そして、この犯罪の真犯人を見つけ出すつもりなのですね?」

「ええ」

　檻の鉄格子を壊したくてたまらないライオンのように、彼は屋根裏部屋の中を大股で行ったり来たりした。

「そう」彼は昂揚して言った。「僕はまた明るく輝く日光のもとに飛び出したい! そう、自ら隠棲していた世界から今日戻ってきたのだ! そこには突き止めたい謎があり、探りたい闇がある。僕はこれまで難しい社会問題を解決してきた。どうしてこの問題が解決できないことがあろうか? 人々があの哀れな男のために処刑台を建てる日に、僕は彼らの前に姿を現して、足元に真犯人を引きずり出し、死刑執行人への餌食として投げ出し、無実の者を取り戻したいのだ。しかし僕があの男に関心があるとは思わないでください。彼が死刑になろうがなるまいが、僕に関係あるでしょうか?」

　マクシミリアンは変貌していた。長患いのために青白くやつれていた顔は、超自然的な輝きを放っていた。熱で衰えていた手足は力強さを取り戻していた。その身振りはしっかりしており、美しい顔を毅然と上げていた。

　あれから長い年月が経つが、あのときのマクシミリアン・エレールの声と態度が私に与えた鮮烈な印象を、今でも覚えている。初めは不安な驚きのようなものを感じた。白状すると、その誇大妄想的、予言的な言葉遣いは、これまで何度も見てきた、何らかの脳障害の最初の前兆が、エレール氏に現れたのではないかと懸念したのである。私は彼の手を取った。手は冷たく、脈は規則的に打っていた。彼と目を合わせた。そのまなざしの穏やかで決然とした表情に私は打たれた。そのとき、私の心をどれほどの幸福感と神に対する感謝の念が満たしてくれたか語り尽くすことはできない。真実が明らかになった。私はそれをマクシミリアンの明るく澄んだ瞳に読み取ったのだ。彼がその言葉に含ませなければならない、いささか不本意な辛辣さに思いを馳せて、私は微笑んだ。哀れな哲学者！　虚しくも、彼は依然として本当の気持ちを偽ろうとしている！　だがそれは、このように素晴らしく寛大な決意を彼に抱かせた、社会や法律に対する容赦ない憎しみではない。しかし神は、慰められるべき哀れな者、死刑執行人から救い出されるべき無実の者を、彼の行く手に差し出し、人間の裁きが重くのしかかっているあの不幸な男を前にして、マクシミリアンの心は憐れみから和らいだのだ。高貴で気高く力強い関心が、今や彼の人生に方向と目的を与えた。それは、高慢とおそらく苦悩の日々に彼が突然交渉を断ったこの世界とを、再び結びつけた力強い不可思議な絆であった……。

私はしばらく握っていた彼の手を放した。

『ああ、よかった！』私は思った。『マクシミリアンはよみがえった！……』

6

エレール氏は小さな衣装棚を開けると、長い褐色のフロックコートと古めかしい帽子を取り出した。哲学者はおしゃれには関心がないようだった。

「もうすぐ正午になる」彼は苛立ちを隠せないという態度で言った。「そろそろ出かける時間でしょう」

「そうですね」私は答えた。「犯行現場をじっくり調べられますよ」

「それは重要なことだ」哲学者はつぶやきながら、私のために扉を開けてくれた。

私たちは馬車に乗った。三十分後、カセット街一〇二番地に到着した。

私が呼び鈴を鳴らすと、まもなく正門の重い扉が鈍い音を立てながら蝶番を軸に回転して開いた。私たちは、ぬかるんで敷石も疎らな中庭に入った。そこは雑草が生い茂っていて、家畜の群れを飼えそうなほどだった。

奥には五階建ての大きな建物があり、鎧戸はすべて閉まっていた。石段を四、五段上ると、覗き窓のある樫材の扉にたどり着いた。太い鉄線が中庭を横切り、不気味な城塞のような外観の建物から外に出なくても正門を開けられる仕組みだった。

マクシミリアンが重い鉄のノッカーを打ちつけると、長い廊下に響き渡った。銃眼が素早く開け閉めされ、扉が細めに開くと、短めのキュロットを履いた痩せて小柄な老人が姿を見せた。彼は血走った目で、哲学者の風変わりな服装と、さらに風変わりな顔を見つめていた。

「ムッシュ」私は彼の恐怖を鎮めるために言った。「B博士が本日の検死に立ち会えなくなったため、私が代理を仰せつかってまいりました」

「ああ！　かしこまりました」小柄な男はそう言って、私たちを通すために扉を開けた。「……失礼いたしました。しかし今回の恐ろしい出来事ですっかり動転しているものですから！　お気の毒なブレア＝ルノワールさまは、それは善いご主人さまでした！……殺し屋をひどく恐れて、細心の注意を払って部屋に閉じこもっておられたのに！……恐ろしいと思いませんか？　どうぞ部屋にお入りください。司法警察の方々がいらしたら、お知らせにまいります」

私たちは、図柄がほとんど色褪せた古風なつづれ織が壁にかけられた大きな広間へ通された。四つの窓が陰鬱な薄暗い庭に面していて、庭には大きな木が植えられ、蔦で覆われた高い塀で囲まれていた。

哲学者は窓に近づき、青白い額をガラスに押し当てた。

こうして約十分間、私は広間の中を歩き回りながら黙って観察し、彼はもどかしさから身体を揺り動かし、額に皺を寄せ、輝かせた目でじっと一点を見つめていた。

まもなく重々しい不規則な足音が廊下に鳴り響いた。マクシミリアンが素早く顔を上げた。わずかな物音も彼には強い印象を与えるようだった。

庭に通じる扉が開くと、砂を踏みしめる音をさせて、たくましい体軀をちょっと前かがみにした白髪の男が、窓の下を素早く通り過ぎた。

その男を見て哲学者はびくっと身震いし、まるで蛇を踏みつけたかのように、ぱっと後ずさりした。

「いったいどうしたんです?」この奇妙な動揺に驚いて、私は訊ねた。

「何でもありません……何でも……」彼はかすかな声で答えた。「めまいがしたんだと思います」

彼は窓のそばへ戻ると、未知の人物が庭を対角線に横切り、蔦の下に隠れていた扉から出ていくのを目で追っていた。私たちはさらに数分間待った。

やがて小柄な執事プロスペル氏の青白い顔が広間の戸口から現れた。

「お呼びになりましたか?」彼はおずおずと訊ねた。

この律儀な男が話したがっているのは明らかで、私もぜひ彼に質問したいと思った。

「ここはとても暑いですね!」私は言った。「窓を開けてもよろしいですか?」

執事はリスのような身軽さで椅子に上り、私の頼みをかなえてくれた。

「もう一時間になります!」暖炉の上にかけられた銅製の大きな振り子時計を一瞥しながら執事は言った。「あの方々は遅れているようです」

「率直に話してください、執事さん」私は彼の目を見ながら言った。「昨日逮捕された男が犯人だと思いますか?」

小柄な老人は顔を輝かせた。灰色の目を大きく見開き、フランス革命前の旧体制時代《アンシャン・レジーム》の侯爵を思わせる威厳と優雅さを漂わせて嗅ぎたばこを一つつまんだ。

「ムッシュ」執事は柔らかく澄んだ声で言った。「確たる明白な証拠もないのに人を告発するというのは極めて深刻なことです。確かに言えるのは、あのゲランという男にとって不利な、有無を言わせぬ状況証拠があるということだけです。あの男がお国訛りで言った言葉が耳に残っています。『部屋に鼠が出るんで……骨接ぎ師のところへ砒素を買いに行かなくては!』」

「本当にそう言ったのですか?」マクシミリアンは素早く訊いた。

「あなたにこうして話しているくらい確かです……」

「それは不思議だ!」

そして哲学者は再び夢想へと戻った。

「しかし、いったい」私は再び話を続けた。「遺言書の話がそれとどう関係しているのですか?」

小柄な執事はイタチのような顔に意地悪な表情を浮かべた。

「ああ! それはですね……」彼は答えた。「失礼ながら申し上げますと、ご主人さまは風変わりで高慢な方でした。四十年近く兄のブレア=ケルガン氏と疎遠でした。この方も変わった方で、ブルターニュの田舎から決して出て来られなかったので、今朝初めてお会いしたのです」

「ほう! ここにいるのですか?」

「たった今、この窓の下を通られました。お気づきになられたはずです」

哲学者は何か聞き取れない言葉をつぶやいた。

「ええ」執事は話を続けた。「今朝お着きになりました。誰が知らせたのか、私は存じあげません。あの方は野獣のような態度で、私に向かってほんの数言、検死解剖には立ち会えない、気分が悪くなるから、などとおっしゃって出かけてしまいました……」

「すると、この庭には出入口があるのですね？」

「はい、ヴォージラール通りに面していて、青狐《ルナール・ブルー》ホテルの近くに出ます。――さて、そういうわけで、つまりは兄に抱く憎しみを考えて、ご主人さまは兄への相続権を奪ったと誰もが思っていたのです。考えてもみてください！　人間というより狼のような男、自分の召使いと結婚した男ですよ！……ブレア＝ルノワール氏の甥のカスティーユ氏は、全財産を相続できると見積もっていたんです。しかし、信じられますか？　治安判事を呼び出して、故人の書類の山を引っかき回し、書卓の中を捜しても、ご主人さまの遺言の片鱗すら見つけられなかったのです。したがって巨万の富は年老いた狂人のブレア＝ケルガンの手に渡るのです！　そして二十年間にわたってご主人さまに献身的にお仕えしてきた私には、わずかな貯金があるのみで……お察しください……」

マクシミリアンが話を遮った。

「ご主人の寝室には封印が施されていますか？」

「ええ、もちろんです！　私は管理人を任されましたが、それで私は少し不安なんです。というのも、つまり……責任が……おわかりですよね。ああ！　今朝、あのブレア＝ケルガンの猪野郎が、弟の寝室に封印が施されていると知ったときの罵声をお聞かせしたかったです」

「本当ですか！」マクシミリアンが言った。

「ええ！　まったく！　ひどい罵声でした！　怒りを鎮めるために、あの男は寝室に閉じこもって、ぶつぶつ唸っていました」

通りから馬車の車輪の響きが聞こえ、正門の前で止まった。

「司法警察が到着しました！」執事が言った。

マクシミリアンが私にわかるように合図をした。

「執事さん」私がこの肩書きで呼びかけると、小柄な男は目に見えて気をよくした。「どの部屋で検死が行われるのか教えていただけますか？」

「二階の右側、廊下の突き当たりです！」彼は慌ただしく答えた。

そして執事は、古い壁を揺さぶるように鳴り響く呼び鈴に応えて、扉に向かって駆けだした。

私たちは木造りの大階段を駆け上がり、庭に面して窓の開いた書斎に入った。

遺体は白木のテーブル上に横たえられ、シーツで覆われていた。

書斎の奥には封印の施された扉があり、故人の寝室へと通じていた。

マクシミリアン・エレールは窓にかかる大きなカーテンの後ろに隠れた。こうすると彼は姿を見られることなく、すべてを目撃することができた。その瞬間、書斎の扉が開いて、王室検事、予審判事、そして書記が姿を現した。

7

小柄な執事は愛想よく笑顔で彼らを書斎へと案内してきたが、私が一人で部屋にいるのを見ると驚いて顔をしかめた。

しかし王室検事が尊大な威厳をもって執事に退出するように合図をすると、彼は直ちに指示に従い、マクシミリアンが姿を消した説明は求められなかった。説明を求められるのではないかと、私は冷やひやしていた。

紳士方に挨拶し、私はB博士が検死に立ち会えないことを詫びる手紙を手渡した。

「ああ！　しまった！」予審判事が叫んで、慌ただしく嗅ぎたばこを一服鼻に吸い込んだ。

「……ウィクソン氏がB氏と必ずしも仲がよくないことを忘れていました。仕方がありません、ずっと昔の話ですから。それに私はいくつも事件を抱えて頭がいっぱいなんです！　あなたの恩師には申し訳ありませんが、しかしこの過失をそれほど後悔していません。こうしてあなたとお知り合いになれたのですから」

そう言いながら、愛想よく微笑んだ。

王室検事は、厳めしく青白い顔をした高貴な人物で、黒い頬髯を蓄え、貴族的な手をして、冷淡な態度で、前日にB氏が手配しておいたものを厳かに検分した。

遺体は検死解剖の手順に則って開腹され、故人の腸と内臓は別々の広口瓶に入れられた。

「いや、しまった！　昼食がまだだった！」予審判事がよく響く声でいきなり叫んだ。「まもなくウィクソン博士が到着する頃です！　我々は彼のためにいるのに、待たせるとはおかしいですね。ますます……」

呼び鈴が鳴って厳めしい司法官の言葉を遮った。

「来たな！」彼は声をひそめて言った。

王室検事は長身をぴんと伸ばし、予審判事は取付け襟を立て直した。私はといえば、戦地へ赴く新兵のように興奮していた。勇気を奮い起こすために、私に全幅の信頼を寄せ、今もこの検死結果をやきもきしながら待っているに違いない恩師のことを考えた。

深い沈黙が書斎を支配した。私たちは一言も交わさずにいると、プロスペル氏が扉を開けて、かぼそい声で告げた。

「ウィクソン博士がいらっしゃいました！」

ヘラクレスのような体格で、赤ら顔に鮮やかな金髪の、五十がらみの男が私たちの方へ進み出て、軽い英国訛りで言った。

「お約束しておきながら皆さんをこれほど長時間お待たせしてしまい、誠に申し訳ありませんでした。しかし出がけに瀕死の患者を診てくれと呼ばれまして……」

「きっと、命を救ってさしあげたのですね？」状況を素早く察した予審判事が言った。

「その通りです」英国人は落ち着いて平然と答えた。「その人を救ってきました」

こう言いながら彼は歩き回り、あたりを見回して、B氏の姿が見当たらないので驚いているようだった。

「ところで、私と意見を論じる栄に賜るはずの、あの尊敬すべき医学者の姿が見えませんが？」

B氏がこの約束に来られない事情を私は説明した。彼は微かに笑みを浮かべた。

「お許しいただきたいのは」彼は言葉を選びながら言った。「B氏が慎重かつ科学的に行なった実験に意義を唱えるとは、私が僭越でした。しかし私も毒薬について、とりわけ砒素については深く研究してきました。そういうわけで、調査のやり直しを司法警察に申し出たのです。私が切に願うのは、どうか信じていただきたいのですが、私の結論が学識豊かで尊敬すべきあなたの恩師の結論と一致することです」

私は冷ややかに会釈し、さっさと実験を始めるよう提案した。空腹を抱えてがっかりしている予審判事の顔を見て、私は心から同情した。

二人の司法官は遺体の足元、扉側に立ち、ウィクソン博士と私は左側、窓の前に立った。

繊細なる読者諸兄にはこの検死解剖の説明を省きたいところではあるが、今後の話の展開を理解してもらううえで不可欠なので、詳細について多少触れなくてはならない。

法医学の仕事は、英国人マーシュ（英国の化学者ジェイムズ・マーシュ。一八三六年に砒素検出法を考案した）の発明のおかげで、近年かなり容易になった。この化学者は体内にある極微量の砒素を検出する巧妙な方法を発見したのである。

ここで装置の仕組みについて簡単に説明しよう。

水素ガスを発生させたガラスのフラスコに試験物質を入れる。砒素は水素と結合して、その化合物はフラスコの先細の孔を通して噴出される。この噴出する気体に着火し、炎の先に白磁の受け皿をかざす。もしその物質に微量でも砒素が含まれていたら、磁器に黒い染みが付着する。

ウィクソン博士は外套の大きなポケットからフラスコを一つ取り出した。しかしガラスがあまりきれいではないことに気づいたので、私は持参したものを使うよう頼んだ。彼は長いこと細心の注意を払って私のフラスコを調べていたが、やがて不機嫌さを抑えてこれを受け入れた。

それから私は内臓を入れてある広口瓶の蓋を開けようと近づいた。しかし英国人は私に先んじて、苛立った様子で封をしてある蓋を開けた。

作業をしている間、彼が白い手袋をはめたままでいることに私は気づいた。

「皆さん」彼はもったいぶった声で司法官らに話しかけたが、しかし視線は上げなかった。「この装置の効果はもちろんご存知ですね。これから気体の噴流をガラスに当てます。もしフラスコの中に入った内臓の一部に砒素が含まれていれば、ガラスはすぐに黒くなります」

私には彼が客寄せの口上を述べる香具師《やし》のように見えた。

彼は哲学者が隠れている窓の隣の窓に近づき、点火した気体の噴流をガラスに当てた。

私たちは驚きの声を抑えられなかった。ガラスは突然、黒い染みに覆われた。同時に、強いニンニク臭が室内に広がり、毒物の存在が明らかになった。

私の哀れな恩師はいきなり敗れてしまった！　予審判事は丁重ながら皮肉な視線を私に向けた。

「おお！　これは重大です。告訴に極めて有利になりますよ！」

「この実験は私の見たところ決定的なものではありません」私は指摘した。「私自身に実験をやり直させていただけるまでは」

英国人は、自分の成功に平然としており、優雅な動作でフラスコを私に差し出した。

私は実験を行なった。ガラスは再び黒くなり、その濃さから毒性物質が多量にあることを証明した。私は三回、四回と実験を繰り返した。結果は同じだった。

マクシミリアン・エレールが隠れているカーテンが微かに動いた。私はびくりとした。というのも、英国人の視線がその瞬間、不安そうにそちらを向いたように見えたからだ。

それは一瞬に過ぎず、彼はいつもの笑顔に戻って、司法官らの方を向いた。

「今回の実験は決定的なようです。申し上げておきますが」彼は勝ち誇った表情でつけ加えた。「私はB博士の実験器具を使ったのです」

「反論はありません」あっけなく予期せぬ結果が出たことに憮然として私は言った。

「それでは皆さん」王室検事が初めて発言した。「故人の体内に毒物が存在していたと結論づける調書および報告書に署名していただけますか?」

私はうなずいて同意を示した。

「書記君」尊大な司法官は隅で書類を作成していた小柄な黒人に話しかけた。「調書と報告書を持ってきてくれ。こちらの紳士方が署名される」

ウィクソン博士は――手袋をはずすことなく――署名し、続いて私も署名した。

英国人は内心の喜びを抑えきれないようだった。

彼が厳かに一礼してきたため、私も渋々挨拶を返した。立ち去る前に、ウィクソンはB氏によろしく伝えるように私に念を押した。

「ド・リベラク君」帰りがけに予審判事は厳かな同僚に話しかけた。「一緒に昼食に行きませんか？　私は腹が空いて死にそうですよ」

この日、B氏の講義に出席していた学生たちは、何が原因で老教授が上の空で、いらいらと興奮して不機嫌だったのか、知る由もなかった。

8

私は紳士方に続いて踊り場に数歩踏み出し、彼らに最後にもう一礼した。

プロスペル氏は彼らを出口まで見送り、それから思わせぶりな態度で戻ってきた。彼は何があったのか知りたくてじりじりしていた。しかし彼に知らせる必要はないと思った。

「最後にちょっと片づけておきたいことがあります」私は再び階段を上りながら言った。「遺体の安置してある書斎で、もう一度三十分ほど一人にしておいてもらえますか?」

「もちろんです! お好きなだけいらしてください」小柄な執事は愛想よく言った。「私はブレア＝ケルガン氏の寝室へまいります……何かなくなっていないか確認するために。あの狡賢い男は、扉の鍵を二重に締めて、合鍵がないことを私に誓わせたのです……いやはや!」彼はポケットから鍵束を取り出しながら続けた。「私は誓いましたよ。しかし、そうは言っても、寝室は改めなければなりません。遺産相続される不動産を損なわないようにと、カスティーユ氏から指示されたものですから」

私が書斎の扉を開けた瞬間、小柄な老人は、どう考えても大きな短所である並外れた好奇心から、部屋にさっと目を走らせて、マクシミリアン・エレールがまだそこにいるのを確認すると、

『勘違いかな』とでも言いたげに首を振って、三階へ上がっていった。

哲学者は隠れ場所から出てきて、鑑定に使われた広口瓶とフラスコを綿密に調べていた。

彼はゆっくりと頭を上げ、風変わりな笑みを浮かべて言った。

「おやおや！　ご不満のようですね、先生、これは確かに毒殺です。それにしても、どうしてあなたは奴に手袋を外させなかったのですか？」

この質問に驚いて、私は彼の顔を見た。

「こちらに来てください」彼が言った。

彼はテーブルの端を指差した。

「なんだい？」

「よく見てください……もっと近づいて……何か見えませんか？」

木の上に少量の細かい白い粉が見えた。

「砒素だ！」私は仰天した。

「その通り」マクシミリアンが答えた。「それでは、このテーブルの上に毒物があることをどう説明しますか？　ここに置いたのはあなたではないでしょう？　つまり……誰かの仕業です」

「そいつこそ疑わしい！」

「あの男が作業中ずっと手袋をはめていたことに気づきましたか？」

「ええ」

「彼がたびたび機械的なしぐさで、白い粉のある場所に右手を置いていたことに気づきましたか？　ある時などは手を唇にもっていき、弾かれたように慌てて手を遠ざけていたことに気づきましたか？」

「いいえ」

「そういうことだったのです……あなたはここに観察しにいらしたわけではありません……僕は他にもいろいろ奇妙なことに気づきました。例えば、こんなことに。なぜあの男は自分で広口瓶を開けたがったのでしょうか？　なぜ彼は自分の診察鞄から取り出した鋏で、自分の手で内臓を切ったのでしょう？　あなたが善意を信用なされるのは、他の場合でしたら名誉なことですが、僕が考えるに、それは誤りでした」

「というと、あなたは……」

「司法警察もあなたも罠にかけられたのだと思います。いや、というよりも確信しています。あの男は手袋に砒素を忍ばせ、おそらく指先に穴を開けておいたのでしょう。彼は触れたものすべてに砒素を振りかけたのです」

「何の利益のために彼はそんな卑劣な手を使って我々を騙したのか、理解できない」

「利益！……利益とは！……まるで予審判事のような話し方ですね！」この風変わりな人物は肩をすくめて叫んだ。「利益が何だというのでしょう？　僕はそんなものを探してはいません。なぜなら、それこそが司法警察がいつも道に迷う暗闇なのですから。僕が追求するのはただ一つ、事実のみです。事実をすべて手にしたとき、初めはとても奇妙に思えた途方もない事の中から、太陽よりもまばゆい真実が輝いて見えてくるのです」

彼は長身をぴんと伸ばし、瞳をダイヤモンドのように輝かせた。

「真実！」封印を施された扉を力強い身振りで指し示しながら彼は叫んだ。「それはこの扉の向こうにあります……。そして、あそこに入れる日が来たら、真実を知ることができるのです」

そして帽子を目深にかぶり、彼は立ち去った。階段を早足で駆け下りる足音が聞こえた。

私も彼に続いて部屋を出た。

階段の下で、彼はプロスペル氏と話しているところだった。彼は小声で執事に何事かを言うと、いつものことだが私の腕をぶっきらぼうにつかみ、出口へ向かった。

私は彼に葉巻を差し出し、火を打ち出した。しかし湿気が強かったので、火口《ほくち》はつかなかった。

「お待ちください！」世話好きな執事が慌ててポケットを探りながら叫んだ。「おあつらえ向きのものがありますよ」

彼から渡された紙に私が火をつけ、それをマクシミリアンに差し出した。

マクシミリアンは煙草に火をつけるためにそれを口元に運んだ。しかし突然、彼は目を大きく見開いて、素早く炎を吹き消し、その紙をポケットに入れると、大急ぎでその場を立ち去ったので、プロスペル氏は思わずつぶやいた。

「哀れな若者だ！　頭がいかれてる！」

9

およそ十五日間というもの、私はマクシミリアン・エレール君と会っていなかった。日々の生活を織りなす用事や仕事、雑事のめまぐるしさにかまけて、もはやあの事件について考えなくなっていたところ、ある晴れた朝の八時頃、しきりに私と話したがっている男がいると使用人が告げに来た。

私はその男を通すように命じた。

部屋に入ってきたのは金髪で長身の青年で、驚いたような目に笑みを浮かべた穏やかな顔立ちは、当時劇場で大当たりをとっていたジョクリス（十七世紀初めの喜劇『ジョクリスの絶望』に登場する偏狭な間抜け男）が姿を現したかのようであった。

彼は三度ぎこちなくお辞儀をして、立ったまま、指で帽子をこねくり回していた。

私は何の用件なのか訊ねた。

「ムッスー」彼はムッシュと発音できなかった。「あっしは職を探しているんですが、ムッスーが召使いを必要としていないかと思いまして……」

「それで、誰が私のことを推薦したのですか？　紹介状を持っていますか？……」

言い終わらないうちに、私は驚きのあまり叫び声をあげた。その愚鈍そうな田舎者が目までかかっている金髪のかつらを取ると、わが友、マクシミリアン・エレールの知的な額と黒髪が現れたからである。

「なんと、君だったのか!」私は仰天して声をあげた。「この変装はいったいどういうことなんだい?……まさか警察に追われているのかい?……」

「うふふ!」彼は声をひそめて笑いながら答えた。「いよいよ僕の頭がおかしくなったと思っているんだろう? 今度こそは、僕をシャラントン精神病院の同類のところへ送り込むことを、もはや躊躇しないんだろうね?……これから僕の行動について説明するよ。謝肉祭でもないのに、この格好は奇妙に見えるだろうからね。ご覧の通り、僕は召使いをやっているのだ……。そんなに驚いて目を丸くしないで。このジョクリスの変装は、自分を覆い隠す狐の皮なのだ……。僕がブレア=ケルガンに雇われていると察せられるかい?……」

この支離滅裂な話し方と、奇妙な目つきのせいで、私は一瞬、彼はやはり気が狂ったと信じかけた。彼は話を続けた。

「そんなに心配しないで僕の話を聞いてくれたまえ。僕は君を信頼しているのだから……。これから僕が突き止めたことをすべてお話ししよう。しかしこれについては決して口外しないと誓ってくれたまえ……。それに、秘密を打ち明けるのは、ひとえに今後、君の協力を必要としているからだ。さもなければ、僕が知っている奇妙な事実を、今のところ世界中で誰一人として知ることもないのだから」

私は約束した。彼は扉の差し錠をかけると、暖炉のそばに腰かけた。そして考えをまとめるかのようにしばらく沈黙した後、次のように話し始めた。

「僕たちが最後に会ったとき――検死解剖の日――この血塗られた謎を解明できる方法は、司法警察がいつも行なっているやり方とはまったく違うだろうと、君に言ったのを覚えているだろう。司法警察は犯人の動機を探し、それによって未知から既知へとさかのぼろうとする。この方法は本質的に欠陥がある。ゲランの逮捕がその証明だ。僕は、既知から未知へと向かう。僕は事実を、ただ事実のみを求める――犯行の動機も犯人も気にかける必要はない。事実を集めれば、一見矛盾するものでも、ある瞬間に真実の光が輝くのだ。

さて、こういった事実をほとんどすべて集めたが、残りもまもなく手に入るだろう。このような状況では――偉大なる支配者――偶然が大いに味方してくれるのだ！　屋敷を出たとき、君が葉巻に火をつけようとしていて、湿気で火がつかなかったので、律儀な執事のプロスペル氏がポケットから紙切れを取り出して君に渡したのを覚えているかい？」

「もちろん」

「そして君が燃えている紙切れを差し出し、僕が口に近づけた瞬間、思いがけない衝動を抑えることができず、君を置き去りにしていきなり立ち去ったので、きっと僕の奇妙な行動に啞然としただろう？」

「その通りだ！」

彼はチョッキのポケットから燃えさしの紙切れを取り出して、私に差し出した。それを指で何度もひっくり返していると、哲学者は微かな笑みを浮かべた。

「何も奇妙なことに気がつかないかい？　君がくれたこの紙切れが、事件を解決する鍵の大半を与えてくれると言ったら、君はとても驚くだろうね……。しかしその紙切れをピンセットで挟んで、暖炉の炎に数秒間かざして注意深く見れば、先日、僕が見せた驚きを理解してもらえるだろう」

私は彼に言われた通りにした。強く熱せられた紙切れはくるくると丸まった。それを広げると、そこには青いインクではっきりと次のような記号が記されていた（上図参照）。

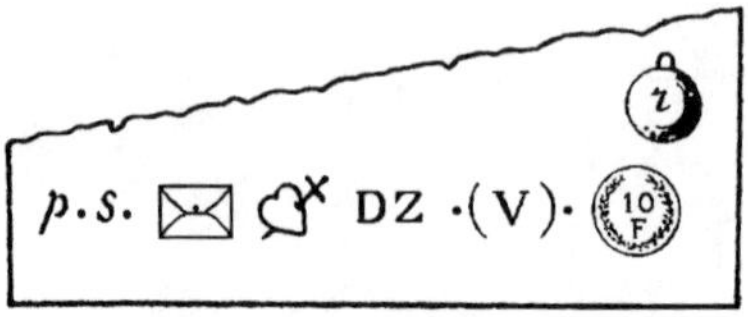

「白状するが」私は首を振りながら哲学者に言った。「先ほどから話についていけないんだ。この奇妙な暗号文について君が説明してくれるのを待っているんだが……」

「話せば長くなる」安楽椅子の中でのけぞりながらマクシミリアン・エレールが答えた。「僕自身も、君をとまどわせた問題の答えをかなり長いこと求めていたんだが、奇跡的な状況に助けられなかったら、答えを見出せなかったかもしれない。

僕はかつて弁護士で、何件かの訴訟で弁護したことがあると話したよね。

あれは一八三二年のことだ。当時、研修期間中だった僕は、弁護士になったばかりの若者らしく情熱と意気込みにあふれていた。

事務所から最初に任せられた仕事の一つが、司法警察もその秘密を突き止めることができなかった、謎の事件に巻き込まれたジュール・ランセーニュという男の弁護だった。それは犯罪者組織に関するもので、驚くべき大胆不敵な強盗事件は何度となくパリの住民を震え上がらせていた。彼らは巧妙に立ち回り、何年も経ってようやく、当時の高名な天才警察官のおかげで逮捕することができた。

しかも、全員が司法警察の手に落ちたわけではなかった。重罪院に出廷した刑事被告人は三人だけだった。それがジャック・ピシェ、ポール・ロベール、そして小さな短剣《プチ・ポワニャール》と呼ばれたジュール・ランセーニュだった。

非凡な巧みさで犯罪を指揮していた首領は、あらゆる捜査をかいくぐって逃げてしまった。刑事被告人らは首領の名前を明かすことを頑なに拒んだ。ただ、一味の中では緋色の砲弾《ブーレ・ルージュ》という奇妙なあだ名で呼ばれていたことだけはわかった。

そのうちの一人から、ほとんど解読できない象形文字で書かれた手紙が見つかったが、この一味を逮捕した高名な警察官によってほんの一部が解読できただけだった。

一人目の被告は死刑を宣告され、二人目の被告は二十年の懲役刑となったが、僕の依頼人は決定的な証拠がなかったために五年の懲役刑だけで済んだ。

この裁判に僕は強い関心を抱き、警視庁の刑事部長と何度も面会した。彼はその犯罪者一味と四年間にわたって戦ったものの、結局、一味のうち三人しか重罪院の被告席に送り込めなかったのだが、その戦いでの出来事や騒動について事細かに語ってくれた。

ああ！　気の毒な刑事部長は一味の首領を逮捕するという慰めを得ることなく亡くなってしまったのだ。その無念さが彼の死期を早めたと僕は信じている。彼は素晴らしく明快に、犯罪者たちが使っていた象形文字の意味を説明してくれた。彼の教えと僕の記憶力のおかげで、この暗号文を解読することができたのだ。

　これから簡潔に説明しよう。

　最初に気づくのは、これが手紙の断片、追伸に過ぎないことで、それはこの二文字〈ｐｓ〉が示している。手紙の本文は残念ながら燃えてしまった。

　これが署名だ。この記号〈〉はブーレ・ルージュを意味している。これは抜け目のない悪党の印《しるし》で、彼は一人で全警察組織よりも強力で巧妙なのだ。

〈〉は『書く』を意味している。

〈〉はプチ・ポワニャールを意味する記号で、これはさっきも言ったように、僕のかつての依頼人ジュール・ランセーニュのあだ名だ。

〈ＤＺ〉だが、連中は文字を数字に、数字を文字に置き換えていた。Ｄはアルファベットで四番目なので４を意味し、Ｚは最後なので０を意味する。つまり40ということになる。

〈・（Ｖ）・〉この二つの点に挟まれた括弧はパリの通りを意味する。こうしてすべての大文字に対応する通りが一覧になっている。通り、パッサージュ、袋小路ごとに、それぞれ固有の記号で表されている。・（　）・は通りを意味する。あとは頭文字のＶを解読するだけだ。最初に頭に浮かんだのはヴォージラールだった。その後の僕の話から、この仮定が正しかったことが証明されることになった。

そして最後に残ったのが〈
〉という記号だ。これには大いに苦労させられ、長いこと頭をひねった挙げ句に、ようやく何を意味するかがわかった。最初に思いついていたはずなのに、よくあることだが、考えすぎてしまっていた。結局、熟考と試行錯誤を重ねた結果、この記号をルイと解釈した（当時の十フラン金貨には国王ルイ＝フィリップの肖像が彫られていた）。

全文を説明しようか？　こういう意味だ。

ブーレ・ルージュ

追伸　私への手紙はヴォージラール通り四〇番地のプチ・ポワニャール宛てにしてくれ。ルイという偽名を使っている。

とはいえ、この仮定を確かめる必要があった。ヴォージラール通り四〇番地には青狐ホテルがある。僕は精一杯変装をして――僕にこの方面の才能があることは君も気づいただろう――ホテルの向かいの歩道を歩き回って、出入りするすべての人を注意深く観察した。

三十分ほど待ったところで、愚鈍な顔立ちの小太りで小柄な男がやって来たが、一目でかつての依頼人、プチ・ポワニャールことジュール・ランセーニュであるとわかった。

二年前に出獄したかつての強盗は、社会の目から名誉回復するためにホテルの経営者を職業に選んでいた。

ホテルに入った彼の後をつけてゆき、階段を上ろうとしたところで肩を叩いた。

彼はびくっとして振り返り、無愛想な口調で言った。

『何かご用ですか？』

『ジュール・ランセーニュさんですね？』

彼は眉をひそめて、こっそり窺うように僕を見た。

『そうですが』彼はとまどいながら答えた。『……どうしてそんなことをお訊ねになるのですか？』

『個人的にちょっとお話ししたいことがあるんです。少しお時間をいただけませんか』

ホテルの主人は、とても小心者だとは知っていたが、目に見えて青ざめ、逃げ出したがっていた。黒い服と顎を飾る立派な髭から、きっと僕がジェリュザラン通り（当時のパリ警視庁の所在地）の者のように見えたのだろう。

しかし、僕は彼が逃げないように腕を摑み、一階の小部屋の扉を開けて一緒に中に入ると鍵をかけ、鍵をポケットに入れた。

彼は歯をかちかちと鳴らしていた。横目で窺っていると、手をチョッキの下に差し入れようとした。

『気をつけろよ！……』僕はぴしゃりと言った。『本名で呼んだのだから、お前を知っていることはわかるな。それに、一八三二年八月十八日に証拠不十分のため五年の懲役で済んだが、お前が極めて器用に短剣を操ることも知っている』

僕はポケットから小型拳銃を取り出した。
『ここに座れ』テーブルの端に椅子を置いて、僕は話を続けた。
僕は拳銃を構えたまま、向かいの端に腰かけた。
『さて、話をしようか』」

10

「彼は腑抜けたように腰かけた。臆病さと凶暴さを同時に表情に出しながら、窺うような目つきで拳銃と僕を交互に見ていた。

『いいかね』僕は落ち着き払って話を続けた。『お前は私の掌中にある。逃げることも、犯行におよんで私を片づけることもできない。ここにある小さな装身具は、大した音を立てず、助けを求める隙も与えずに、弾丸をお前の心臓に撃ち込むことができるのだ。もっとも、お前に危害を加えるつもりはない。しかし、そのためには私が訊ねる質問に正直に答えなければならない。

現在このホテルに宿泊している客全員の名前を言うんだ』

『えっ！　私が知っているとでも？』彼は肩をすくめ、目をそらして無愛想な口調で言った。

『……宿帳を見させてください……。ここにはたくさんの客が泊まっているんです！　一日だけの客もいれば、二日泊まって出て行く客もいます！……宿泊客全員の名前をそらで言えるわけありません！』

『よろしい！……そういうことなら、私が思い出させてやろう。まず、四階には誰が泊まっている？』

『知りません』
『女か?』
『いいえ』
『男一人だけなのか?』
一瞬、彼はためらった。
『はい』
『その男はどういう者なんだ?』
『外交販売員……だと思います。昨日の夜に着きました』
『なるほど! それで三階には?』
『法学部の学生、ルクセンブルクの会社員』
『それで全員か?』
『はい』
『よろしい。では二階には誰が泊まっている?』
『ピアノ教師です』
『それだけか?』
『はい』
『嘘をつけ!』
ホテルの主人の赤ら顔が青くなった。

『お前が隠そうとしている宿泊客が誰なのか言うんだ』

『宿帳を見ますか？』

『いや、お前の口から聞きたい。ここから出さないからな。お前のことはよく知っている。お前は逃げようとするだろう』

ホテルの主人は動揺し、椅子の中でもじもじしていた。決して逸らさない僕の視線が、彼には苦痛のようだった。

『答えろと言っているんだ』

『もしその気はないと言ったら？』

僕は手に持った拳銃を彼に向けた。

『お前を犬のように殺してやる！』僕は冷酷に答えた。

彼は恐怖のあまりびくっとしてから、パリっ子らしく嘲笑うように横柄な目で僕をにらんだ。

『ああ！　あなたにそんなことはできませんよ。脅しなんか効きません……。私を怖がらせようとしても……。拳銃を撃てば大きな音がします……。ええ……あなたに引き金は引けっこありません！』

『そら』僕は落ち着き払ったまま、部屋の壁紙に描かれている色褪せた薔薇の花を指差しながら続けた。『……あの花が見えるか？』

僕が拳銃を壁に向けると、せいぜい鞭を打ったくらいの音が聞こえて、薔薇の花は黒い染みに覆われた。

『あの染みが弾丸だ』僕は立ち上がりながら言った。『答えをしぶるなら、情けないお前を、あの花と同じように、さっさと音も立てずに心臓を撃ち抜いてやる。もう一度訊く、答えるのか？』

ホテルの主人は真っ青になった。さっきまでの空威張りは言語を絶する恐怖に取って代わっていた。

彼はしゃべろうとして口を開けた。しかし直ちに留まって、テーブルを拳で激しく叩いた。

『やめてくれ』彼は叫んだ。『話せないんだ！』

『ほう！　話せないのか！……そうか！　答えを拒むんだな！……まあいい、私はその男の名前を知っている……。お前と一緒に重罪院の被告席にいた同類、トゥーロンの徒刑場から脱獄した男……ジョゼフ・ピシエだ！（前出のジャック・ピシエの誤記と思われる）』

『違う！』ランセーニュは急に顔を輝かせて叫んだ。『ルイ・ランガールさ！』

ランセーニュの返事は僕の計略が成功したことを物語っていた。

僕の推理は当たっていた！　ルイは悪党の暗号名だった。僕は飛び上がってホテルの主人に迫ると、襟首をつかんで投げ飛ばし、部屋の隅に叩きつけた。彼が驚きから立ち直る前に、部屋から出て、扉を閉め厳重に施錠した。

急いで帰宅して変装を取ると、再び調査に取りかかった」

マクシミリアンはこれを語る間はとてもいきいきとしていたが、息を継ぐためにちょっと中断した。

「そうすると」しばし沈黙の後、私は言った。「この事件の張本人は、君によれば、昔の悪党一味の首領なのだね？」

「僕は知らない……何も知らない……」彼は感情的に答えた。「僕は事件について知ろうと努めている。結論を引き出すのはもっと先だ。

さて、僕が手に入れた最初の事実はこれだ。

《ブレア＝ケルガンの部屋からブーレ・ルージュの印が記された手紙が見つかった》

僕は時間を無駄にすることなく捜索を続けた。古着屋で農夫の衣服を買い。髪を切って金髪のかつらをかぶり、口髭を剃った。

一時間後、僕はブレア＝ルノワールの屋敷の呼び鈴を鳴らしていた。

プロスペル氏が扉を開けたが、僕が誰だか気づかなかった。

『何かご用かね？』目下の者に対しては目上の者に対するほど丁寧な礼儀作法を守っていないことを示す口調で、彼は僕に訊ねた。

『仕事を探しているんで』できるだけ愚鈍なふりをして答えた。『召使いとして雇っていただきたいんです』

『召使いとして働いたことは？』

『ええ、地方で』

『ああ！　地方でか！　田舎の人間は好かんのだ！……ブレア＝ケルガンさまがいきなりやって来た召使いを雇うと思うかね？　その哀れな弟である、私の亡くなったご主人さまの失敗例を、それは肝に命じているからね』

『でも』僕は食い下がった。『お目にかかれないでしょうか?』

『そうだな! いつでもまた来なさい。しかしあの方が出入りするときしか機会はないから、お会いすることも難しいと警告しておきますよ』

『わかりました。また来ます』僕は頭を振って大きなため息をつきながら言った……。『ああ! 貧乏人は生活費を稼ぐのもひと苦労だ!』

僕が立ち去ろうとしたとき、呼び鈴が激しく鳴り響いた。

『おや! お待ちなさい』執事が戸引き紐を引っ張りながら言った。『きっとブレア゠ケルガンさまだ』

確かにあの男だった。君もたぶん覚えているだろうが、検死の日に広間の窓の下を通り過ぎるのを見かけている。

ブレア゠ケルガン氏は五十がらみ。猪首で極めて腕が長く、毛むくじゃらの大きな手をした長身の男だった。

この男はどことなく荒っぽく野蛮なところがあった。巣窟に棲む猪さながら、ヒースの生い茂った荒野のただ中にある、人里離れたブルターニュの館で長年暮らしてきたことがよくわかった。白髪まじりの髪はぼさぼさに逆立っていた。毛色の濃い髪の一房が額に斜めにかかり、生気あふれる灰色の目に覆いかぶさる太く黒い眉に達していた。顔は血色がよく、唇は厚い。短く刈った灰色の頬髯を蓄え、歩くときはやや左足を引きずっていた。要するに、かなり不愉快な人物なのだ。

彼の視線が初めて僕に向けられた。

『おい！』まるで熊のような唸り声で執事に言った。『……こいつは何者だ？』

プロスペル氏は三、四回ぺこぺこすると、僕の要件を伝えた。

『召使いだと？』ブルターニュ人は肩をすくめながら言った。『それで、わしにどうしろというんだ？　間に合っておる……召使いならな！』

彼は背を向けると、階段を上り始めた。僕が計画の成功を危ぶんでいたところ、ブレア＝ケルガン氏は思い直して、階段で立ち止まると、振り返りもせずに僕に向かって怒鳴った。

『そのことについてだが！……わしについて来い！……』

僕は彼の後について行った。三階に着くと、彼はポケットから鍵を取り出して鍵穴に差し込んだ。扉を開ける前に、不在中に誰も入らなかったかを確かめるように、鍵の舌を五、六回続けて出し入れして、それから扉を押し開け、僕が入ると扉を閉めた。

そこは中庭に面したとても簡素な部屋だった。

窓の前に書卓があり、部屋の奥には天蓋つきの大きな寝台、数脚の椅子、ユトレヒト製のビロードに覆われた安楽椅子が二脚。家具はそれだけだった。暖炉のそばには革製の大きなトランクが置かれていた。

プロスペル氏がブーレ・ルージュの手紙を見つけたのは、このトランクの後ろを片づけていたときだったことを、後に知った。

ブレア＝ケルガン氏が窓を開け、半分閉じていた鎧戸を押し開けると、輝く日の光が部屋の中に射し込んだ。

彼は窓の前に椅子を置いて言った。

『そこに座れ！』

彼自身は日の光を背にして、僕の経歴と習慣、縁故関係などについて、熟練した予審判事のような徹底ぶりで尋問し始めた。僕は道中作り上げておいた話を彼にしゃべったが、とまどうこともなく嘘がばれることもなかった。彼の質問が詳細になるほどに、僕の知性はその挑戦に刺激され、自分が演じている役柄と合致するきっぱりとした答えを返せた。

彼はこの試験に満足したらしく、部屋の中を行ったり来たりしながらしばらく考えてから、僕の前で再び立ち止まって言った。

『よろしい、お前を召使いとして雇おう。わしらはブルターニュへ向けて出発する……できるだけ早くだ……。下へ行って、執事に話があるから来るように伝えてくれ』

僕は成功したのだ！……。

11

　三日後、僕はプロスペル氏から知らされた――彼は高慢で哀れむような態度で僕を扱い、僕の田舎者らしい素朴さが主人の怒りを買うたびに賢明な忠告をしてくれた――この誠実な執事から知らされたのは、故人の近親者であるブレア＝ケルガン氏とカスティーユ氏からの要請で、封印が解かれるということだった。

　確かに、その夜の八時頃に治安判事がやって来て、書記に手伝わせて、封印を解くと財産目録の作成に取りかかった。

　僕はこの瞬間をじりじりしながら待ちわびていた。ようやく犯罪が行われた部屋に入れるのだ！　この不快な変装をした目的がやっと達せられるのだ！　人物を注意深く研究した後で、証拠を詳細に調べることにした！

　八時になると、プロスペル氏が悔しさをにじませた口調で僕に言った。

『ご主人さまがお呼びだ。治安判事とカスティーユ氏もいらしている。私は皆さんのお手伝いをして、明かりをおつけしましょうと申し出たのだが、ご主人さまは私の申し出を断り、お前を呼んでくるように仰せられた。このランプを持って行きなさい……そっちよりはいいからな！　ほら、ばかだな……油をこぼすぞ！……さあ、早く行け、ご主人さまがお待ちだぞ』

治安判事が到着し、故人の甥のカスティーユ氏も到着した。老ブルターニュ人をちらりと見ると、隠そうとしていたものの、その目は喜びに輝いているように見えた。

僕らは検死が行われた書斎へ入った。治安判事が重々しく封印の解除を執行した。最後の封印と帯封が解かれたとき、ブレア＝ケルガン氏はほくそ笑むのをこらえることができなかった。

司法官は預かっていた鍵をポケットから取り出して扉を開けると、僕に言った。

『先に入って、明かりをつけてくれ』

寝室は犯行当日の状態のまま保たれていた。寝台は乱れ、シーツは絨毯まで垂れ下がっていた。この部屋は建物の一番奥にあり、窓は庭に面して開いていた。窓に頑丈な鉄格子がはまっていることに気づいた。この部屋もまた、家具はとても簡素で、故人の莫大な資産とはひどく不釣り合いだった。寝台から数歩離れたところに例の書卓が置かれていた。

四人の立会人はまずそちらへ向かった。

『遺言書はまだ見つからないのかね？』治安判事が鼻声で言った。

『ええ、まだです！』と答えたカスティーユ氏はとても動揺しているらしく、隣にいるブレア＝ケルガン氏に怒りを秘めた眼差しを向けていた。

その当人は平然としていた。

『さあ！』治安判事が続けた。『もう一度探してみよう。もしかすると今日は好運に恵まれるかもしれない』

これは錯覚だろうか？　ブルターニュ人の厚ぼったい唇に微かな笑みがよぎったように見えた。

書類が再びひっくり返され、慎重に帳簿のページがめくられた。一時間かけて探しても、ブレア＝ルノワール氏の遺言を示すものは見つからなかった。

『ご覧の通りです』治安判事はカスティーユ氏に言った。『私の権限でできる限りのことはしました。伯父上が遺言を残さなかったことがはっきりと証明されました。故人がここ以外に書類を残していたかどうか、あなたはご存知ないんですよね？』

『ええ、治安判事』がっかりした相続人は額に玉の汗を浮かべて答えた。『……ええ。伯父は──何度となく私に話していましたが──すべての書類と金貨をこの書卓にしまっていました』

『ほう！　現金については』治安判事が答えた。『どこにあるのかわかっています！……しかし遺言書が見つからないのは本当に不思議です……とはいえ、私の任務の半分は終わりました……。これから財産目録の作成に取りかかります』

書記がテーブルに近づき、書類のぎっしり詰まった折り鞄を置いて、ペンを耳に挟んで顔を上げ、上司の指示を書き留める準備をした。

そのとき、僕はブレア＝ケルガン氏の視線が──僕は気づかれることなく、一瞬たりとも彼から目を離さなかった──暖炉の横を不安げに見つめていることに気づいた。

それはほんの一瞬のことで、すぐに彼は平然とした気難しい表情に戻っていた。

僕は彼の視線の先をたどった。

故人の、宝石で飾られた金色の二重箱入りの見事なブレゲの懐中時計が、暖炉のそばの釘にかかっていた。

『奇妙な強盗だな』と僕は思った。『わずかな金貨しかないと知りながら書卓をこじ開けるために人を殺しておいて、三千フランの懐中時計を盗まないなんて！』

――

家具、テーブル、椅子、安楽椅子などの目録作成が始められた。

『ちょっとあのカーテンを見てみよう！』窓に近づきながら治安判事が言った。『君、明かりを……。ふむ！……これは絹のダマスク織りだな！』小柄な書記が顔を上げた。

『私の見たところ、それは羊毛のダマスク織りだと思います。父と伯父が商いをしていたものですから、よく知っているんです』

この重大な問題をめぐって、上司と書記との間で議論が持ち上がった。

その間、僕は窓を注意深く観察した。前にも述べた通り、窓には頑丈な鉄格子がついていて、さらに大きな南京錠がかけられてイスパニア錠（回転式の把手で両開きの窓を締める錠）が固定されていた。『犯人はここから入ったのではないな』と僕は考えた。

右側の窓の下の絨毯を注意深く調べると、泥の痕跡を認めたように思った――覚えていないだろうが、一月二日に大雨が降って、その後は石も割れんばかりの寒さだった。何者かが窓のそばのカーテンの陰にしばらく立っていたのだろう。

僕は再びこの状況を記憶に刻みつけた。

議論に勝ったのは治安判事だった。小柄な書記がとうとう、カーテンの素材は羊毛より絹の方が多いと認めたのだ。

『さて、この絨毯だ』司法官が話を続けた。『こいつを忘れてはいけない。おい、君』僕に向かって言った。『ランプを床に置いてくれ』

僕は言われた通りにした……ほんのちょっと念入りに調べただけで、絨毯の上に黄色っぽい砂で印された、ほとんど目に留まらないほど微かな足跡に僕は気づいた。

この足跡は窓から寝台へ向かっていた。

『よし！……』治安判事が言った。『……ありきたりの絨毯だ……。いやはや！　大富豪にしてはずいぶん簡素なものだな！……そしてこの寝台は？……胡桃材だな！　何たる形状だ！……まあ、ご覧ください、ムッシュ』治安判事は笑みを浮かべながらブレア＝ケルガン氏の方を向いて言った。『弟さんは強盗をあれほど恐れていたのに、その下に盗賊の一団が隠れることができる寝台で寝ていたのですよ』

治安判事が何気なく口にした言葉に、ブルターニュ人の太い眉がぴくりと動いたように見えた。

次に暖炉周りの品物の目録作成に取りかかった。

さっき懐中時計がかかっていた釘に目を向けたとき、どれほど驚いたことか。懐中時計が消えていたのだ！

しかも、僕はブレア＝ケルガン氏から片時も目を離さなかったにもかかわらずだ！

三十分後、この部屋の財産目録を作成し終え、次の部屋へと進んだ。
十一時にすべてが完了した」

12

「どうしてもわからなかったのは」

ひと休みしてからマクシミリアンが話を続けた。

「ブレア＝ケルガン氏が僕を使用人として雇うことを決めた理由だ。

この日まで、彼は僕に命令を一つ――治安判事を手伝い、明かりを持ってこさせた――しか出していない。それを除けば、僕の存在はすっかり忘れられているようだった。

ところが、疑問に思っていたこの理由は、目録作成の翌日に判明した。

その日の七時頃、僕がプロスペル氏に出会うと、小さな顔に極めて不満げな表情を浮かべていた。

『考えられるかい、私にこの手紙をバスティーユの近くまで届けろというんだ。あのけちな老人は、使い走りを使いたくないのさ。私がじきじきに行くようにと命じて……しかも直ちに……この雪と寒さでは病気になって倒れてしまうよ』

彼はぶつぶつ文句を言いながら立ち去りかけたが、振り向いて言った。

『おっと！　そうそう、ご主人さまが呼んでいたぞ、すぐに来るようにと』

老ブルターニュ人はドレッシング・ガウンを羽織り、頭をスカーフでくるみ、大きなパイプを吹かしているところだった。

『箒とはたきを取りに行って』彼は尊大な口調で言った。『わしについて来い』

僕は命じられた二つの道具を持ってきた。僕らは一階下へ降りて、故人の寝室に入った。

『まったくひどいありさまだ！』散らかった寝室を一瞥して主人はぼやいた。『ここを片づけて、埃を払い、掃除をするんだ……てきぱきとやるんだぞ、わかったか？　この絨毯から始めろ』

彼はカーテンの紐を引いた。白昼のもとに、足跡がくっきりと浮かび上がった。僕と同じようにブレア＝ケルガン氏もこれに気づいたらしい。彼は慌ててカーテンを閉めた。

『まず絨毯を掃除しろ……念入りにだ、いいな？』

僕がこの作業をとてもゆっくり、とても不器用にやっていると、ご察しの通り、老ブルターニュ人の顔が突然真っ赤になった。激しく悪態をついた。

『もっと早く……急いでいると言っただろう！……ああ！』彼は低い声で続けた。『わしがかがむことができたら、この忌々しい腰の痛みがなかったら、とっくにこんなことは自分で終わらせられるものを！……』

僕は寝台に近づいた……ブレア＝ケルガン氏は一瞬とまどっていた。

『寝台の下もさっとひと掃きしてくれ』ぶっきらぼうな調子で彼は言った。

僕は身をかがめると、彼が命じるときにとまどった理由がわかった。寝台の下には、窓のそばと部屋の中に見つけたのと同じような黄色っぽい塵の跡が二つ並んではっきりと残っていたのだ。

この寝台の下に隠れていたのか！　これはブーツの一足分の踵の跡だった。注目すべきは、足跡が寝台の頭寄りにあり、これは僕の先の観察を裏づけるものなのだが、これについてはのちほど話そう。

君は信じてくれると思うが、僕は犯人の手がかりが消えないように用心した。

『さて』僕が作業を終えると主人が言った。『シーツを持っていけ。できるだけすぐに洗濯するんだ。いつまでも死人が使ったシーツをそのままにしておきたくないからな』

自分の弟の悲劇的な最期を、臆面もなく冷淡に語っているように感じられた。

僕はシーツをはいで、丸めて脇の下に抱えた。

『もう下がってよろしい』ブレア＝ケルガン氏が命じた。『書卓はわしが自分で片づける』

僕はすぐに自分に割り当てられた部屋に戻り、厳重に施錠すると、持ってきたシーツを急いで調べた」

ここで哲学者は再び話を中断した。彼は疲れているようだった。私はそう指摘した。

「うん」彼は言った。「また発作が起こりそうだ。途方もない疲れを感じている。この一週間、僕は自分の頭脳に重労働を課したが、まだほんの要点しか話していない。すべての事実を整理して解答を導き出すために、僕が日夜どれほど長時間熟考していたかを、君に知ってもらえたら！……最後までたどり着けたらよいのだが！」

それからしばらく沈黙した後、彼は言った。

「ブランデーを一杯くれないかな？　それでよくなると思う」

私はキャビネットを開けて、彼に酒瓶を差し出した。彼は立て続けにラム酒を三杯飲み、それからため息をついて、安楽椅子の背に頭をのけぞらせた。

「白状すると」彼と向き合って私は暖炉のそばに腰かけて言った。「君の話には奇妙な当惑を感じるよ。目の前で奇怪な光景が展開する不思議な夢を見ているようだ……。さっきまで君は、昔の悪党一味の首領がこの犯罪の犯人と疑っているようだった。今ではブレア＝ケルガン氏を弟殺しで告発しているようだが……」

微かな笑みが哲学者の唇に浮かんだ。彼は薄眼を開けて言った。

「待ってくれ！　君はまだ夢の終わりにたどり着いていないし、僕はまだ話の終わりにたどり着いていない。もうすぐ驚くべき問題に突き当たるから。

君にはまだウィクソン博士について話していなかったね。そろそろ簡潔に話しておくべき頃合いだろう。

もしよければ、検死解剖の日に話を戻そう。すでに述べたように、司法警察も君も巧みな計略に騙されたというのが僕の公式見解だ。

しかし僕はまだ君に、この意見を断固とした確信に変えるであろう、もう一つの発見について話していない。インドから来た医師が遺体に近づいて最初にやったことは、故人の足元にかかっていたシーツの端をめくったことに、僕は気づいていた。

この動作を君が見逃したのは無理もないが、僕は気づいて、すぐにその事実を明らかにしようと決心した。

あの日の午後――君と別れてから約二時間後――僕はブレア＝ルノワール邸に戻り、君が重要な書類を置き忘れたので、僕は書類を探すために派遣されたという口実をプロスペル氏に告げて、遺体が安置されている書斎に上がった。

僕は遺体に向かい、足を覆うシーツをめくった。まず驚いたのは、遺体の下肢に見られる顕著な形状だった。卵大の瘤ができて、足の甲が膨らんで変形していたのだ。

素早く調べたところ、右足の踵に小さな黒っぽい斑点があり、その周りが丸く紫色になっていた。

一瞬たりとも無駄にはできなかったから、僕はポケットから小刀を取り出すと、その部位を切開し、浅い傷口から流れ出た血の混じった褐色の液体を数滴、ガラスケースに採取した。

自室に戻ると、僕はすぐにこの液体を分析した。僕は化学を学んだが――僕が学んだことのない学問などないが――採取してきた物質が何なのかを識別することはできなかった。

それでも、僕は自分が敗北したとは思わなかった。

僕は生きている兎を買ってきて、針の先にこの未知の液体を一滴つけ、兎の脚に軽く刺した。

兎は十秒後に死んだ。

こうしてようやく、僕はこの犯行の凶器を突き止めた！

こいつはクラーレで、この即効性の毒をインド人は蛇毒と混合することで、毒の効き目を恐ろしく速くするのだ。

殺人犯は寝台の下に隠れて、被害者が眠るのを待っていた。そして寝ついたことを確認し、毒を塗った針をシーツの下に差し入れて、心臓を短剣で突き刺すよりも千倍も確実で恐ろしいこの針を、眠っている人の踵に刺したのだ。

こうしてまた一つ事実が得られ、それは寝台のシーツにあった小さな血痕が、故人の足があったはずの位置だったことで確認された。

これでわかっただろう、砒素なんて関係なかったのだ！

僕の考えでは、殺人犯はあの哀れなゲランではない。犯人はブレア＝ケルガン氏で、明日にも僕が集めた証拠を携えて、司法警察に逮捕させることもできる……。しかし、僕はさらに先へ進みたいのだ！

あらゆる犯罪は、司法官が犯人を裁くために、明白な利益があることを陳述しなくてはならない。この事件では、わずかな金貨を盗むことではなく、遺言状を隠滅して三百万フランをかすめ取ることが動機であることを、僕が立証してみせよう！」

13

マクシミリアン・エレールの話に私は強い感銘を受けた。

その驚くべき明晰さ、鋭く確かな観察力、そして真実への情熱に敬服したが、この情熱によって我が不思議な友人は殺人犯に食らいつき、あらゆる動作、あらゆる視線を監視し、その思考までも見破っているのだ！

私は言葉の限りを尽くしてマクシミリアンを絶賛した。

「おや！」微かに物憂げな笑みを浮かべて彼は答えた。「僕を称賛するのはまだ早い……まだ目的を達していないのだから。犯人はわかっているし、凶器もわかっている。だが不明瞭な点が三つ残っている。犯人はどうやって被害者の部屋に侵入したのか？　ブレア゠ケルガン氏とブーレ・ルージュの間にはいかなる関係が存在するのか？　ウィクソン博士はこの犯罪でいかなる利益を得るのか？　いずれこの最初の二つの疑問への解答を得られると期待している。三つめの疑問については、できるだけ早く解明したい。時間が迫っているが、この点については僕がパリを離れる前に明らかにしておかなくてはならない」

「なんだって！　パリを離れるのかい？」

「もちろん。僕は主人に同行して……ブルターニュへ行く」

「それで、いつ出発するんだね？」

「まだよくわからない。しかしブレア＝ケルガン氏はできるだけ早く出発したがっている確かな理由があるようだ……おそらく明日か、あるいは明後日か……。これで無駄にする時間がないのはわかるだろう。君に会いに来たのは、未だに真相を覆い隠しているベールの端を持ち上げる手助けをしてもらいたいからだ」

「この私に？」私は驚いて言った。

「うん。それで僕は遠慮なくちょっとした助太刀《すけだち》をお願いしたいんだ。これまでの前置きは長々しく思えたかもしれないが、僕のお願いのほんの序章に過ぎないんだ」

「ねえ、話してくれたまえ。君の役に立ち、君の勇敢な企てに私のできる範囲で貢献できるのなら、これほど嬉しいことはないよ」

「確か、君はブレアン伯爵夫人とちょっとした親戚だったよね？」

「うん、彼女は私の従妹で、魅力的な女性だ……まさか」私は笑いながら言った。「彼女がこの犯罪に関与したなんて、疑っているんじゃないだろうね？」

「そうだね！」マクシミリアンは笑みを浮かべて言った。「もしかしたらある意味で共犯者になるかもしれないよ」

「まさか？　驚かさないでくれよ」

「教えてほしいんだが……今夜、伯爵夫人は舞踏会を催すんだよね？」

「うん、彼女は親切にも私を招待してくれた。行かないけどね」

「すまないが、舞踏会に参加して、それから、僕を紹介してくれ」

「なんだって！　君を舞踏会に……」

「驚いているようだね？　でも、招待客の中にウィクソン博士が含まれていると言えば、僕の要望も理解してもらえるだろう」

「つまり、今夜も監視を続けたいんだね？」

「その通り。目的を達するために、僕は使用人の上着を着ることも厭わなかったのだから、舞踏会の夜会服を着ることにたじろいだりしないよ……」

「踊れるのかい？」

「もちろん！　結婚を望む青年の嗜みとしてね！　さて、これで決まりだね？」

「いいとも。今夜十時に迎えに来てくれ。従妹に紹介するよ」

「恩に着るよ！」マクシミリアンは立ち上がり、握手しながら言った。

「しかし、今夜君はどうやって抜け出すつもりなんだい？」

「ブレア＝ケルガン氏は毎晩九時に床に就く。僕は庭から路地へ抜ける鍵を持っている。気づかれることなく外出して戻って来られるんだ」

「それでは、今夜！」

「また今夜！」

14

十時頃、哲学者が到着した。最初、私は彼であるとわからなかった。というのも、そのときの彼の服装は昼間に現れたときに勝るとも劣らない完璧な変装だったからである。

彼は素晴らしく洗練された装いをしていた。黒い夜会服は優雅な身体の線を浮き出させていた。髪は丹念にカールされ、繊細な口髭が唇を飾っていた。厳めしい顔に笑みを浮かべ、社交界に出入りする男に見られる自惚れを湛えていた。胸には大きな椿の花を差していた。

「さて！」手を差し伸べながら彼は言った。「僕の新しい服装はいかがかな？」

「君ほど非凡な男は知らないよ……これほど完璧な伊達《だて》男を連れて来れば、従妹から感謝されるだろうから、あらかじめ礼を言っておくよ」

「そうだろう？　素晴らしい変装のおかげで……さっき君は僕とは気づかなかった。これが十五日前に君が会った、猫と湯沸しの間にいた熱に浮かされた哀れな男だとは……。はあ！」彼はため息をついて言い足した。「今では先日ほど衰弱していないし、病気でもなくなった。僕を駆り立てている活力はまったく不自然なものであることは自覚しているし、その反動は恐ろしいものになるだろう。僕の唯一の願い、唯一の望みは、この仕事を最後までやり遂げることだ。そしてその後は……なるようになれだ！　僕は屋根裏部屋で死ぬのだろう……。さて、支度はできているね。出かけようか？　僕は狩りをする猟犬グレイハウンドのように、一瞬たりとも見つけた獲物を見失いたくないのだ！」

――

従妹のブレアン伯爵夫人は、繊細で優雅、洗練された、社交界において最も完璧なパリジェンヌだった。

彼女は一年半前に結婚したが、まだ二十歳になっていなかった。

夫のブレアン伯爵とは愛情によって結ばれた。伯爵は名門貴族の大富豪で、青年時代はあらゆる道楽にのめり込み、壮年に達すると、あちこちに散らばせていた情熱をかき集めて、彼の知る限り最も心をときめかされた小柄な女性に捧げたのである。

魅力的な夫婦だった。エディルが夫を愛していたのは、夫が優雅で上品で、彼女を伯爵夫人にしてくれて、贅沢な装身具と美しい宝石を与えてくれたからだ。つまり夫は、溺愛する我が子を甘やかす父親のように、尽きることのない愛情をもって妻のあらゆる気まぐれを満たしてやっていた。

ブレアン伯爵がエディルを愛するのは、人生半ばに始まったこの新生活が、彼を得も言われぬ純真な喜びで満たしてくれ、その日まで知らなかった幸福を彼女がもたらしてくれたからだ。妻が朗らかさと若さで活気づけている黄金のサロンをまばゆい輝きを湛えて横切るとき、伯爵は優しい物憂げな喜びを感じ、見ているのが好きだった。それは長旅に疲れて幻滅して戻ってきた旅人が、決して縁を絶つことのできない自分の村や生まれ故郷の鐘楼を見て実感する喜びだった。

彼女はちやほやされる君主のようにサロンに君臨して、その世界を熱烈に愛していた。伯爵は、妻の望むものの他に望むものはなく、自分たちの喜びしか眼中になかったので、サロンをいっぱいに開け放ち、小さな女王が最も美しく、崇拝され、祝福されさえすれば幸福だった！

これには他の人々は肩をすくめるばかりだった。

――

「あら、お従兄《にい》さま！」私の隣に来て腰かけ、両手を取りながらエディルは言った。「素晴らしい踊り手を連れてきてくださって感謝するわ！　あの方とワルツを一曲踊ってきたところですのよ。あれほど身体が軽く感じたことはなかったわ。まるで背中に翼が生えたみたい！　ねえ……あの方、パリには長く滞在されるのでしょうね？」

「いや、エディル、彼は数日中にパリを発つことになっているんだ。君が褒めちぎっていたと知ったら、きっと激しく後悔するだろうね」

彼女はちょっと不満げに口をとがらせ、モスリンの雲の中へ姿を消した。

マクシミリアンは五分後に私を見つけてやってきた。彼がこの館の女王を歓喜させたことを伝えると微笑んだ。そして突然、声をひそめて言った。

「奴が来た、気をつけて!」

その通り、ウィクソン博士がサロンに入ってきた。

ブレアン伯爵は出迎えに駆け寄り、熱心に博士と握手をした。医師が十年前に伯爵の妹の命を救ったことから、深い感謝の念を抱いていたのだ。

ウィクソン博士が到着したという話が舞踏室に広がると、人々はかねてより高名なこの男を近くでひと目見ようと集まってきた。彼の奇跡の治療法はパリで評判となり、十年経ってもなお、その記憶はまだ消えていなかった。

ダンスが終わると、医師の通り道に人々が詰めかけた。

彼は微かな笑みを浮かべて、勝ち誇った尊大な態度で、華々しい人込みの中を進んだ。伯爵がエディルを紹介すると、医師は気取った宮廷風の挨拶をして、皆が賭けをしているサロンへと向かった。

サロンに面した優美な温室に賭博台は設置されていたが、これは伯爵がエディルのために誂えさせたものだ。

賭博客は石楠花《しゃくなげ》や椿、つつじの茂みの奥に腰かけていた。温室のその他の空間は踊り手たちにあてがわれ、時折、光を浴びた葉越しに、この人工的な春の中で休息と涼気を求めて通り過ぎる優雅な男女の姿が見えた。

ウィクソン氏が賭博台についた。座るために腰をかがめたとき、痛みに思わず軽く悲鳴をもらした。

「痛むのですか、先生?」と訊ねた医師と組む相手は、私たちの古い知り合いでもある王室検事のド・リベラク氏にほかならなかった。

「まったく! そうなんですよ」首を振りながら英国人は答えた。「ひどい腰痛なんです。ああ! 我々医者は他人を治療します。ところが自分自身の治療にはおよそ役立たずなんですよ!」

医師の後ろにある石楠花の茂みが微かに揺れていた。マクシミリアンが配置についたのだ。私はサロンへ戻った。

友人のロベール・セルネ氏が到着したところだった。彼は母親たちに囲まれて、とても盛り上がっていた。若い娘たちもこれに加わって、その嬌声が至るところから聞こえてきた。

「強盗ですって!……まあ! それは面白そう!……お話ししてくださいな!」

「いえいえ」ロベールが朗らかに弁解した。「あなたの眠りを少なくとも十日間は妨げてしまいますからね」

「でも、ムッシュ」美しい金髪の娘が反論した。「お母さまもお願いしているんですよ!」

「ええ! そうですわ! ムッシュ、お話しになってください」従妹が駆け寄ってきて言った。

「……この方たちはちょっと疲れていらっしゃるから、楽しい小休止になりますわ」

「私に命令することは、あなたもお望みではないでしょう、マダム」ロベールは小さな君主に答えた。「それでは早速、話を始めることにいたしましょう」

「わあ!」一同は歓声をあげた。
そして、ご婦人方の美しい目が喜びに輝くほど、強盗の話は人気だった。

15

「とはいえ、お嬢さん方」ロベールが話し始めた。「羽根飾りのついたとんがり帽子をかぶって、柔らかい長靴を履き、口髭にワックスをかけた、喜歌劇に出てくるような強盗を期待されては困りますよ。私を襲った男は――この強盗は一人だけでした――誓って申し上げますが、詩情など微塵もないのです。

そいつは大柄で、とても下品でがさつな男で、毛皮の襟のついたゆったりした外套を着ていました。顔は大きなスカーフと目深にかぶった帽子のひさしで隠れていました。

先週の木曜日、私はユニヴェルシテ通りを歩いていました。夜十時頃でしょうか。しばらく前から、重々しく不規則な足音が後ろから聞こえていたのですが、いきなり腕を摑まれたのです。『動くな、助けを呼ぶんじゃない』低い声が素早く私に命じました。『そんなことをしても無駄だ。もっとも、危害を加えるつもりはない』私は腕を振り払おうとしましたが、謎の男のたくましい手が私の腕を万力のように締めつけました。

『ちょっと頼みたいことがあるのだ！』謎の男は続けて言いました。『お前が何者で、お前が大金を持っていることはわかっている。俺に五百フラン貸してくれるよな』

『なんだって！　無理を言うな！』この強盗はビセートル（精神病院）から逃げ出してきたものだと思い、私は答えました。『そんな大金を持っていると思っているのか？』

『その五百フランの時計は、一昨日、パレ・ロワイヤルで買ったものだな。その千フランのダイヤモンドのピンは、元日にユルシュル叔母にもらったものだろう？』

　私はぎょっとしました。

　これは何かの悪戯で、私をからかっているのか、と思いました。

『無駄にする時間は一分たりともないんだ！』強盗は腹立たしげに言いました。『とにかく、五百フラン寄こせ。だが、あくまで抵抗するようなら、その時計とピンをいただくぞ』

　近づいてくる馬車の車輪の音が聞こえました。

『一サンチームたりともやるものか！』私は決然として言いました。『さっさと去らないと、警察を呼ぶぞ』

『ほう！　警察だと！』奴は大笑いしながら答えました。『警察とは長いつき合いなんだ。お前の叫び声に応えて警察がやって来る前に、お前を舗道の上にのしてやる。冗談ではないことはわかっているな。言われた通りにしろ』

　馬車が慌ただしく近づいてきました。強盗は背後を不安げな目で見ました。奴が私の腕を放すと、短剣の刃がぎらりと光るのが見えました。しかし、強盗が私に短剣を振り上げる間もなく、奴の胸に肩で強烈な一撃を喰らわしてやったので、巨体が馬車道を縁取る敷石の上に転がりました。強盗は激しい罵声をあげました。腰を強く打ったのでしょう。そのとき、馬車が舗道を通り過ぎたので、それが幸いにも強盗の気をそらし、私は格闘の現場から足早に立ち去ることができたのです」

友人の話が終わると陽気な笑い声が弾けた。この困難な状況において、彼が示した勇気と機転に対してあちこちから称賛の声があがった。

この称賛の合唱の最中に突然、この話に強い衝撃を受けた、宝石をふんだんに身につけた老嬢の耳障りな甲高い声が鳴り響いた。

「物騒だこと！」気つけ薬の小瓶を高い鼻に運びながら老嬢は叫んだ。「パリの通りで人殺しだなんて！……ユニヴェルシテ通りといったら、ムッシュ、私の住まいのある所ですわ！……ああ、神さま！　もう外出なんてできない！……」

ヒステリーを起こしそうな老嬢をなんとか落ち着かせた。しばし中断されていたダンスが再開され、舞踏会は活気を取り戻した。

私は温室の方に向かった。サロンの奥の温室との敷居で、マクシミリアン・エレールと出会った。

「それで、どうだい？」私は訊ねた。

「あいつはひどいいかさまをしているよ」低い声で彼は答えた。

それから彼は、一時間姿を消していたことに気づかれないように、ブレアン夫人を踊りに誘おうと足早に立ち去った。

私は温室に入った。賭博台の周りに三、四人の男が身動きもせずに立っていて、緑色のクロスに熱い視線を注いでいた。

私は見物人の中に加わった。十分後、英国人は左手に置かれた金貨の山に大きな手を伸ばし、平然とポケットに入れた。対戦相手が立ち上がった。恐ろしく青ざめていた。彼がウィクソン医師にささやく声が聞こえた。

「明日の正午までに足りない分をお支払いいたします、ムッシュ」

見物人らは唖然として互いに顔を見合わせた。そのうちの一人が私に言った。

「敗れて去っていったのはこれで五人目です。あの悪魔のような医者はこれまでのところ誰にも負けていません」

その間にウィクソンは、小さな灰色の目をらんらんと輝かせて周囲にいた人々を見回した。そして勝ち誇った声で言った。

「さあ、皆さん。次はどなたが勝負なさいますか？　私を一晩中このように勝たせるのではなく、どなたか仕返ししてやろうという方がいらっしゃるでしょう！」

人々の間で一瞬の躊躇があった。

「さあ！」医師が繰り返した。「どなたか私と勝負しませんか？」

「僕が勝負しましょう！」鋭い声がした。

人々が左右に退くと、マクシミリアン・エレールが現れた。

彼の顔色はとても青ざめ、額は引きつり、目は暗い炎を放っていた。そのとき、私は彼と初めて知り合った日と同じ、熱に浮かされた非社交的な男の面影を認めた。

優雅な踊り手は、ルイ・ゲランの復讐者となったのだ。

英国人は太い赤毛の眉を軽くひそめて、愛想のよさを演じようとする微笑みの奥で、驚きといらだちを隠していた。

「私としては、ムッシュ、これまであの紳士方につきまとっていた不運を打ち破れるほど、あなたが好運であるよう期待していますよ」

マクシミリアンは黙ったまま、射貫くような冷たい視線を投げかけると、相手はウィンクで応じたが、そこにはいささかの不安が読み取れた。

それから哲学者はほっそりとした手でカードを取り、切って、慎重に吟味して一枚ずつ静かに数えた。

ウィクソン博士の顔がさっと曇った。見物人らはいささか驚いて互いに顔を見合わせた。

「次はあなたがカードを配る番ですよ、ムッシュ!」相手にカードを差し出しながらマクシミリアンはぶっきらぼうに言った。

確かに、この奇妙な場面の証人は熟達した賭博師たちだった。彼らの心は焼き入れされたように頑なになって久しく、賭けをするときの胸を刺すような感情には鈍感になっていた。その間に二人は冷静に沈黙の闘いを繰り広げ、研ぎ澄まされた刃を交えるように視線を交差させて、これから格闘する闘技者のように沈着冷静に互いを観察し合っており、その光景は奇妙なほど心を動かす一幅の絵画となっていた。

闘いは十五分間続いたが、それは一世紀にも感じられた。両者はほぼ互角だった。ともに四点獲得していた。最後に、マクシミリアンが英国人を見つめたまま、笑みを浮かべながら言った。

「キング！　僕の勝ちですね！」

ウィクソン博士は椅子から飛び上がった。観衆の胸から安堵のため息が漏れ、マクシミリアン・エレールを熱烈に称賛するでもなく、賭けていた者は儲けを回収した。

哲学者は会釈して、対戦相手の方を向いて訊ねた。

「雪辱戦をなさいますか、ムッシュ？」

「いや、結構」インドから来た医師は立ち上がりながら答えた。「負けるまで勝負すると申しましたので、ここでやめておきます」

そのとき、ブレアン伯爵がとても心配そうな顔をしてやって来た。

「おや！」私たちが賭博台から離れようとしているのを見て、伯爵が言った。「皆さんが忌々しいカードをおやめになられたので安心しましたよ。L氏が負けて大金を失ったと知り、白状すると、破滅的な結末をもたらす恐れがありますから、血気にはやらないようにと忠告しに来たのです」

ウィクソン博士はこの屋敷の主人の耳に口を寄せた。

「ご安心ください」彼は小声で言った。「その大金をせしめたのは私です。軽率な輩にちょっとお灸を据えたのですよ。しかし私の思いやりを信じてください。悪いようにはしませんから」

ブレアン伯爵は感激して誠実な英国人の手を握った……。

「ところで」当の英国人が訊ねた。「サロンの方へ向かう、長身で色白の紳士はどなたですか？」

「魅力的な青年のようですね。妻の従兄に紹介されました」

「ほう！　それでお名前は？……」

「名前ですか……いやはや！　名前は聞いていませんでした……」

ウィクソン博士はマクシミリアンの姿を目で追った。そこには恐れの表情が浮かんでいた。

16

夜食の時間になった。

夜もかなり更けて、踊っていた男女の多くがすでに帰宅の途についていた。朝日が昇るのを見るのが好きな強者しか残っていなかった。

夜食の間、ウィクソン博士は素晴らしく快活なおしゃべりで一同を魅了した。最初にガンジス川の畔での虎狩りの話をしてから、オーストラリアの砂漠を旅しているときに起きた驚くべき冒険について語った。

それから、アメリカ先住民の話で聴衆を夢中にさせた。フェニモア・クーパー（米国の作家）が当時流行っていたので、誰もがスー族やポーニー族、デラウェア族に関心があった。医師の話に誰もが聞き入ってしまい、すべての他の会話がいきなり途切れてしまった。

厳かな沈黙の中で、聞こえるのは英国人の声だけだった。

そして、枚挙にいとまがないほどの紆余曲折を経て、パリジャンのお気に入り――某氏、某嬢、などなどについて――の逸話をいくつも披露していった。この奇妙な男は何でも知っているかのように、巧みにほのめかすので、話している以上のことまで知っているように思わされてしまうのだった。

彼はまるでサン・ジェルマン伯爵（不老不死の伝説のある人物）のようだった。五大陸のあらゆる国を訪れ、あらゆる有名人と会い、さらに驚くべきことに、同時に数か国に住んだことがあるらしいのだ！とりわけ自分のこと、自分が成し遂げた偉業について語るのを好み、自分が手がけた名高い治療について披露する機会を逃さなかった。

聴衆の関心はひときわ高まった。

「紳士淑女の皆さま」彼は声を高めて言った。「皆さまの手をちょっと握らせていただければ、どんな病気にかかっているか、そして同時に、その治療法をお教えすることができますよ」

「信じられない！……驚くべきことだ！……」あちこちから声があがった。

ぜひ試してほしいという声があがろうというときに、医師の声よりオーケストラの調べを、医学の講演よりもコティヨン（舞踏会の最後に踊るダンス）を好むエディルがサロンへ移るために立ち上がり、一同も彼女に続いた。

ダンスが再開してもなお、インドから来た医師を囲んで人だかりができていた。

誰もが自分の持病について知りたがり、驚くべき効果のある粉薬を手に入れたがっていた。

英国人は人々の要望に喜んで応えた。

「ああ、先生！」宝石をつけた老嬢が哀れっぽい口調で言った。「私のこの痛みが何なのかおわかりになったら、あなたを世界一のお医者さまとお呼びしますわ」

「そのような褒美はとても光栄です、マドモワゼル」医師は紳士的に答えた。「それに相応しい挑戦をしないわけにはまいりません」

高貴な家柄の老嬢は顔を赤らめて、細い手を英国人に差し出した。

医師は数秒間考え込んでいた。

「ええ、確かにあなたはご病気のようですね」

「そうですよね、先生？」

「ええ」医師は繰り返した。「……全身に体調不良を感じておられますね、どこが悪いのかはっきりとはわからない」

「そうなんです、先生、その通りです」

「心臓に動悸がありますね」

「なるほど！　治して差し上げましょう」英国人は平然と答えた。

彼は上着のポケットから、小さな白い紙包みを取り出した。

「はい！　そうです！」

「この粉薬を一日二回服用すれば、一週間後には痛みは消えているでしょう」

エディルが近づいてきた。

「さあ、お嬢さん方」小さな手で拍手しながら陽気な声で言った。「紳士方がお呼びですわよ！占いは舞踏会でやることではありませんわ！」

ブレアン伯爵は愛情に満ちた視線を妻に投げかけたが、それは彼女が賓客である医師の講義を不遜な言葉で表現したのを咎めるつもりだった。しかしエディルは見て見ぬふりをして、可愛らしく背を向けたので、この果報者の夫は世界一魅力的な妻を持ったのだと思わずにはいられなかった。

「お許しください、奥さま」ウィクソン博士はもったいぶった笑みを浮かべてエディルに近づきながら言った。「私のつまらぬ講義が奥さまの素晴らしい催しの邪魔をしてしまいました。奥さまを不快にしてしまったという、耐え難い後悔の念を抱き続けなくて済むように、お許しいただけるよう願っております」

彼は手を差し出した。

「見たまえ」マクシミリアンが小声で私に言った。「ブレアン夫人はなんと見事なダイヤモンドの指輪をしていて、それをウィクソン博士はなんという目で見ていることか……。しかし彼女は医師に手を差し出さなかった……。よろしい！　それが賢明だ！」

私は哲学者の考えに笑いをこらえきれなかった。そのときは、先入観から少し目を曇らせているなと思ったからだ。

「午前三時だ」私は彼に言った。「そろそろ帰宅を考える時間じゃないか？」

「もう少し待とう」インドから来た医者から目を離さずに彼は答えた。「きっとこれには結末があるだろうから、僕はそれを目撃したいんだ」

マクシミリアン・エレールの予測は間もなく現実となった。

突然、鋭い悲鳴があがった。人々が悲鳴の主の方を向くと、そこには宝石をつけた老嬢が細長い腕を振り回し、怯えた目をきょろきょろさせていた。

「いったいどうしたのですか?」あちこちから問いかけられた。

「どうしたのかって?……ああ! 奥さま、私のブレスレットが……ない!……ないんです! ……腕から外れて、腰かけの下にもぐり込んでしまったんだわ!……ああ! 神さま! 少し前まであったのに!……」

「落ち着いてください」騒ぎを聞きつけてエディルが駆けつけた。「明日、召使いが探してお届けしますわ」

「ああ! 私があれにこだわるのは、高価だからではありません!……あれは思い出の品なんです!」

「あれは嘘よ!」通りすがりに意地悪な従妹が私にそっと耳打ちした。

豊満な肩とまばゆいほど白い腕を出した美女が、そのときエディルに近づいてきた。とても不安げな様子だった。

「ねえ、私がとても動揺しているのがおわかりでしょう」彼女は小声で従妹に言った。「三日前に夫からダイヤモンドの指輪を贈られたのですけど……手袋を外すときに落としてしまったようなんです。明日、探して届けるように召使いに言っていただけたら嬉しいのですが……」

「まあ! 大変!」若い婦人が叫んだ。「私のブレスレットもなくなっているわ!」

「私のブローチも!」若い娘が声をあげた。

「私の懐中時計もだ!」ビュッフェで夜を過ごした太った紳士が怒鳴った。

気の毒に従妹は衝撃のあまり青ざめていた。

「これが結末だよ」哲学者が私の腕に手を置きながら言った。「一刻も無駄にしないで僕らも帰るとしよう」

ウィクソン博士は姿を消していた。

玄関の控室に入ると、ド・ブレアン伯爵が司厨長を叱責しているところだった。

「考えてもみてください」私の手を取りながら彼は言った。「五人分の銀食器一式がなくなって、どこにあるのか見つからないのですよ！」

私たちは窃盗のあった館から急いで出て、馬車に乗ると大急ぎで出発した。

マクシミリアン・エレールは道中、一言も話さなかった。深い思考に耽っているようだったので、邪魔しないようにした。

五分後、彼は青狐ホテル沿いの小路の入口で下車したが、その小路は低い扉でブレア・ルノワール邸の庭へと通じていた。

17

翌日の午後、次のような手紙が届いた。

親愛なるドクター

今夜八時に僕らはブルターニュへ出発する。

今朝、ブレア＝ケルガン氏が僕のことを何度もしげしげと見ていたのは、僕には不吉な前兆のように思われた。それから、僕に部屋に上がってくるよう命じ、初回に劣らず詳細で綿密な尋問を改めて受けた。前と同じように僕は首尾よく、つまり終始愚鈍なふりをしてかわした。

あの男は何か疑念を抱いたのだろうか？　そうではないと信じるに充分な根拠として、この尋問が終わると、僕を召使いとして連れていくので、ブルターニュの館へ今夜出発する準備を整えておけと告げられた。

君に直接会って別れの挨拶ができないのは残念だ。しかし主人が用心深く僕を見張っているからね。外出するのは不可能なんだ。

君はいつも僕の《奇行》に好意を示してくれたから、新たなお願いをしても許してくれると信じている。

僕の不在がどのくらい続くのかわからない。もしかすると二度と戻ってこられないかもしれないのだ！　そこで君を僕の遺言執行人に指名する。僕の書類と蔵書はすべて君に遺贈する。もし僕が死んだら、原稿は読まずに焼却してくれ。とりわけ、部屋の左側にある、君に見せた書類の束は隠滅してもらいたい。それには僕の悲しい身の上話が含まれているのだ。

もう一度、さようなら！　僕の行動と発見のすべてを君に知らせるために、たびたび手紙を書くつもりだ。

君の方でも何か新しいことがわかったら知らせてくれたまえ。

君と握手を。

マクシミリアン・エレール

しっかりとした筆跡で書かれたこの手紙を読んで、私はしばらく物思いに耽った。犯人の足取りに食らいつく哲学者の奇妙な計画が私にはなかなか理解できなかった。いったいどのような秘密を暴こうとしているのだろうか？　司法警察に告発して、謎を解き明かし、もつれを解きほぐすのを任せた方が、もっと簡単で危険も少ないのではなかろうか？

このように危険な企てはいきなり失敗することもあるのではなかろうか？　変装と隠蔽をずっと続けることは、私には人間の能力を超えているように思われた。ブレア＝ケルガン氏がある日いきなり現場を押さえたり、少しでも疑念を抱いたりしたら、万事休すだ。遠く離れたブルターニュの館で彼の意のままになるしかなく、殺人犯は罰を逃れるためにさらに犯罪を重ねることもためらわないだろう。マクシミリアンが死ねば、苦労して積み上げた証拠の山は跡形もなくなり、ルイ・ゲランは処刑台に上ることになるのだ！

――

マクシミリアン・エレールの願いに従うため、私は彼の屋根裏部屋に行き、蔵書や原稿を大きな荷物にまとめ、私の家にすべて運ぶように指示した。彼の『回想録』が含まれている書類の束は別に分けて、自分の書卓の引き出しにしまった。

第二部

1

この冒険譚の続きは、マクシミリアン・エレールの言葉で語っていこう。

彼はほとんど毎日のように日々の生活と観察の記録を書き送ってきた。私は何通かあるその手紙を保存していたので、これを日付順に、一言一句変えずに発表することで、この不思議な哲学者の性格について公平な見方が伝えられるように思う。

シャルトル　一月十七日

僕らは昨夜八時に出発した。ひどい悪天候だった。嵐が激しく吹き荒れ、一晩中まんじりともできなかった。ブレア゠ケルガン氏は乗合馬車の客室を借り切り、僕を隣に座らせた。彼は片時も僕から目を離さなかった。昨日は君に宛てて書いた手紙を投函するために、僕は策を弄さなければならなかった。今朝、主人は疲れ果てていたようで、宿屋の寝台に倒れ込んでいるが、いつ目を覚ますかもしれないとはらはらしながら、僕は大急ぎで君に手紙を書いている。

今月二十五日までは返事をしないでくれたまえ。返事はロカール（ロクヌヴィナン近郊）郵便局長気付で送ってくれ。僕はつねに郵便局長に連絡し、手紙を受け取る手段を見つけておく。

何よりもまず知りたいのは、ウィクソン博士がまだパリにいるのかどうか、そしてブレアン伯爵夫人が被害に遭ったような大胆不敵な盗難事件が新たに起きているかどうかだ。
この事件については、君が可憐な従妹に会うとき、不安を鎮めるように伝えてくれ。盗まれた五人分の銀食器、招待客の指輪、ブレスレット、懐中時計などは、正当な所有者に返され、それから……

手紙はここで唐突に終わっていた。きっとブレア＝ケルガン氏が目を覚まして、マクシミリアンは手紙を書き終えられなかったのだろう。
私は哲学者から訊ねられた情報をすでに得ていた。ウィクソン博士はもはやパリにはおらず、新たな盗難や強盗について聞くこともはやなかった。

ケルガン　一月二十二日
……ケルガン館は樅の森の外れ、ロカール村から二キロメートルのところにある。館は今にも朽ち果てそうな古い建物で、高い塀に囲まれ、何世紀もの歳月を経て黒ずみ、小さな窓が穿たれて、青みがかったガラスが鉛の窓枠にはめ込まれていた。
この数世紀を経た館はどこか幻想的で不気味なところがある。樅の濃緑色の葉むらの中にそびえる墓石のようだ。
あたりは死のような静けさが支配している。僕らは夜中に雪で路面の荒れた道を通り到着した。

主人が最初に下りて、鉄格子の門を何度も叩きながら罵声をあげた——これは道中で彼が発した唯一の言葉だった。寝ぼけた農夫が門を開けに出てきた。

こいつは庭師で、フランス語を三語しか理解できない白痴同然の男で、獣のように消極的に服従しているようだった。

僕らは広い庭を横切り、敷石の崩れかけた小さな中庭に着いた。奥へ数歩進むと、この陰鬱な館の入口があった。

ブレア＝ケルガン氏が中庭に足を踏み入れると、真っ暗な隅の方から低い唸り声が聞こえてきた。

主人は急に振り返った。

「おやおや！　ジャッコ、起きたのか？」彼は大笑いしながら言った。「よしよし、お前、人を見分けて歓迎しているのか。元気でやっているか、相棒？」

こう言いながら、彼は野獣の唸り声のする隅へ近づいていった。そのとき、暗がりに大きな鉄格子が見え、中庭の一画を囲んでいて、その鉄格子の向こうに茶色の塊がのっそり動いているのに気づいた。

鉄の扉の閉まる音が聞こえたので、数歩近づいてみると、主人が檻の中に入って、巨大な熊を両腕で優しく抱いていた。

獣は低い喜びの唸り声を上げた。

この心打たれる情景は一分間ほど続いた。

「ふむ！」主人は獰猛な友だちから離れてつぶやいた。「知っている人間にとってはジャッコはいい奴だ……しかし、わし以外の人間が入ったら、こいつに貪り食われてしまうぞ」

この言葉は僕に向けられているようだった。しかし、ジャッコの檻に入りたいとは思わなかったから、この脅しにはたじろがなかった。

ブレア＝ケルガン氏は玄関前の石段を上がると、庭師を下がらせた。庭師は庭の鉄格子の門のそばにあるあばら家に住んでいた。

彼は大きな鍵を鍵穴に差し込んだ。扉はきしみながら蝶番を軸にして回り、古い壁を揺さぶる音を立てて再び閉まった。

館の主人は火打ち石を打って、壁から外した角灯《ランタン》に火を灯した。

僕らのいる長い廊下の奥に大きな石の階段が見えた。

「わしについてこい！」ブレア＝ケルガン氏が荒々しい声で言った。

僕らは三階へ上がった。この古い館の部屋は間取りが奇妙だった。

踊り場の両側に狭い廊下が伸び、それに面して部屋の扉が等間隔に並んでいる。

それは薄暗い回廊と小部屋のある昔の修道院のようだった。

「ここがお前の部屋だ」ブレア＝ケルガン氏は小さな低い扉を押し、じめじめして家具のほとんどない部屋へ僕を通しながら言った。「そこの隅に薪がある」

彼は角灯の明かりを僕の顔に向け、小さな灰色の目で僕を探るように見た。

「お前はわしに仕えるのだ……」彼は一語一語強調して言った。「昼も夜も絶えず、わしの命令に従う準備をしておけ……もっとも、仕事は骨の折れるものではない……。しかし、塀の外に出ることは厳禁だ……わしはお前に対して無制限の権利を有し、もしお前が禁を破ったら、わしはこの手で罰してやる。しかし、もしお前が完全に服従し、わしが満足したなら、誰ももらったことのないような報酬が与えられるだろう」

この最後の言葉を述べているとき、彼の視線はいよいよ何かを見透かすように鋭くなった気がした。そして、いきなり背を向けて部屋から出て行った。

2

ケルガン　水曜日の晩

前に述べた、すっかり耄碌している庭師のほかに、ブレア＝ケルガン氏は使用人として、フランス語を片言も解さない年老いた家政婦を雇っている。主人は大食漢のうえに大酒飲みだ。しかも葡萄酒は上等なものだ。

正午の食事を摂り終えると、二階にある自室に引きこもった。その間に僕は、びっしりと果樹が植えられた見事な垣根のある庭を散歩した。

小さな中庭を横切ると、ジャッコが檻の中で長々と寝そべり、一月の弱々しい太陽のもとで日向ぼっこをしていた。

こいつは巨大な黒い熊で、とても獰猛な性格のようだ。大きな前足で血のしたたるような肉の塊を掴み、貪欲に食らいついているのには考えさせられた。

僕がそばを通ると、重い頭を上げて低く唸った。

一時間ほど庭を散歩して、君に毎日送りたい手紙をどうすれば届けられるだろうかと、僕は空しく知恵を絞った。

屋外を散歩して元気が出た。頭がかっかしていたが、激しい北風に吹かれてすっきりした。パリに戻ったら、冷水のシャワーを浴びたいものだ。

散歩の時間を利用して、この陰鬱な館の間取りをじっくりと調べた。

正面には窓が八つある。

どれが自分の部屋の窓かは難なくわかった。というのも、探すときの目印にと、窓を開けておいたからだ。右から数えて三番目だ。

老庭師に聞いて、主人の部屋が僕に宛てがわれた部屋の真下ということがわかった。

館の正面には美しいノルウェー樅がそびえ立ち、先端は僕の部屋のゴシック様式の窓に達していた。

館を一周してみた。どうしてなのか南側の鎧戸はすべて閉まっていた。これらの部屋はどうやら使われていないらしい。

館に戻ろうとしたとき、果樹園の塀に沿ってゆっくりと上る光る物体に目が留まった。僕の視力はとてもいいんだ。

この新たな謎を解き明かそうと、果樹の垣根に沿ってゆっくりと近づいていった。

庭のこの一角には澄んだ水を湛えた美しい養魚池があり、その縁は塀に接していて、塀のその部分は少し色が褪せていた。

僕は五分間ほどじっと凝視していた。

突然、池の水面が激しくかき乱れ、波の輪が次々と拡がり、見事な鱒が住処《すみか》から飛び出すと、激しく体を揺さぶり鱗を輝かせながら、塀伝いに上がっていくのが見えた。

幻想の作り話をしていると思わないでくれたまえ。すぐにこの現象を説明する。

鱒は細い糸で池の上に釣り上げられ、その糸の先に目を移すと、塀の上から糸と魚をたぐり寄せている二つの小さな手が見えた。

僕は忍び足で近づき、背伸びをすると、見知らぬ釣り人の手を摑んだ。

軽い恐怖の叫び声が塀の向こうからあがり、すぐに苔むした石の間から、銀白がかった金髪の十二歳の少年の怯え薄汚れた顔が現れた。

「お許しください、ムッシュ」少年は不正確なフランス語で哀願するように言った。「もう二度としませんから！」

「おい！　この泥棒め、捕まえたぞ！　お前がこんなやり方で鱒を釣っていることをブレア＝ケルガン氏が知ったら、何とおっしゃるだろうな？」

しかし、なかなか利発そうなこの少年を味方につけたかったので、僕はあまり厳しい態度をとったり、声を荒げたりしなかった。この少年は子供にしては珍しいほどの洞察力を持っており、僕が人を食うような鬼ではないことをすぐに理解した。

それと同時に、その顔に表れていた恐怖の表情もたちまち消えて、もっと素朴な驚きに取って代わった。

少年はしばらく僕の顔を見つめてから、いきなり口を開いた。

「この土地に来たのは初めてなんですか？」

「ああ」

「ブレア＝ケルガンさんの友だちなの？」

「正確にはそうではない」

「それじゃあ、誰なんです？」

「当ててごらん」

僕は彼の両手を放した。少年は頭を数センチ下げて、薔薇色の頰を握りこぶしに乗せ、びっくりした大きな青い目で、頭の天辺《てっぺん》から足の爪先まで僕を眺めていた。

「あなたが誰かですって？……えっと、ううん！……わからない……あの人とパリから来たんですか？」

「ああ」

「へえ！　それじゃあ、あなたはパリっ子なんですね？」

少年はさらに興味を惹かれたようだ。頭の中では、彼を考え込ませたこの謎の説明を求めていた。

「よくお聞き」僕は真剣な口調で言った。「君は勇敢な少年のようだ。僕が誰なのか話してあげよう。ブレア＝ケルガンさんはパリで僕を召使いに雇って、ここへ連れてきたんだ。知っての通り、ご主人さまはちょっと……風変わりな考えの持ち主でね……」

「ああ！　そうだと思う！」彼は笑いながら皮肉っぽい声で言った。

「そうなんだよ！　僕が屋敷の外へ出ることを禁じているなんて信じられるかい？　どうしてか

って？　わからない。気まぐれを起こしたんだね。ところで、僕は村に用事があるんだ。お使いをしてくれるかな？」

僕が彼の手に小さな銀貨を握らせると、少年は目を丸くした。

「このジャン＝マリーを信じてください！」少年はきっぱりとした口調で言った。「何でもおっしゃってください、ちゃんとやりますから」

「いいかい……この手紙が見えるね？　これを誰にも見られずに町の郵便ポストに投函してほしい」

少年は身振りでいっそうの驚きを表した。彼に頼んだお使いは、前払いの豪勢なお駄賃に比べて明らかに不釣り合いだったからだ。

「それだけじゃない。僕がここにいることを村の誰にも話さないと約束してくれ」

少年は激しくうなずいて同意した。

「それから、用事を聞きに、毎日ここに来ると約束してくれ」

「ああ！　そのことでしたら」少年は利発そうに言った。「大丈夫です……ちゃんとやります」

「もし君の働きに満足したら、内緒でご主人さまの鱒を釣らせてあげるし、さらに毎週同じ銀貨をあげよう。だが、もし君が約束を破ったら、用心しろよ！　ご主人さまに何もかもばらすからな」

少年はちょっと得意げな表情で微笑んだ。

「信用じてください！……決して約束を破ったりしません、僕にまかせてください……。でも」

少し考えてから少年は言い添えた。「僕自身が毎日来ることはお約束できません。母さんがときどき僕をあの丘へ雌牛のノワロードの番に行かせるんです。牧場は遠いので来られません。ノワロードは狡賢いのでなおさらです。もし僕がここにいることをノワロードが知ったら、前みたいに、あいつはル・ゴアルー爺さんのキャベツを食べに行ってしまいます……。でも、そういう日には、代わりに双子の妹のローズを来させます。ローズがあなたのお使いをしっかりやりますから心配ありませんし、それに誰にも話しません！……僕ら二人はそっくりだから、すぐにわかりますよ」

僕は彼に二十二日付の手紙を渡した。少年は手紙をベルトに挟むと、新鮮なハーブを敷き詰めた大きなハンカチで、釣った鱒を包んだ。

「やったね！」獲物を眺めながら少年はつぶやいた。「リュク爺さんも今日は分け前にありつけるな！」

「リュク爺さんって誰だい？」

「うちの隣の人です。年をとって病気なんです……。うまく釣れたときは、半分お裾分けするんです」

僕は少年の純真さに感心したが、当の少年は館の主人の養魚池から徴収した日々の貢物を、あたかも合法的に獲得したかのように考えていた。

「でも」少年は金髪の可愛い頭を振りながら言い足した。「冬になるとすることがないんです……まったく何も、釣りしかないんです……毎日釣りばかりです……。夏になると違います。いろいろな果物がなります！　ほら、向こうの隅に塀にもたれかかっている大木があるでしょう……。あの垣根は洋梨なんです……。ああ！　洋梨ときたら！……」

こう語りながら少年は頬をふくらませ、目を輝かせた。

「それで、どうやって採るんだい？」

「先の尖った長い竿を使って、それで……地面に落として、それから突き刺すんです」

「庭の中には決して入らないんだね？」

「ええ！　入りません。だって……日中は、僕を目の敵にしている庭師のじいさんがいて、もし僕を捕まえたら耳を削ぎ落としてやるって言ったんです。それに夜は……ジャッコがいます！」

この最後の言葉を言い終えたとき少年の声は微かに震えていた。

「ああ！　なるほど……あの熊は……そんなに獰猛なのかい？」

「獰猛かって？　主よ、守りたまえ！……」ジャン＝マリーは声をあげた。「ご主人さまがいるときは毎晩放し飼いにされていて、唸りながら庭の中を歩き回っているんです……唸りながら……その唸り声は村まで聞こえることがあるんです。ある晩、リュク爺さんの犬が爺さんのところに行こうとして、あの庭の中に入り込みました――リュク爺さんの犬ときたら、子牛ほどの大きさだったんです――ところが！　ジャッコが待ち構えていて、食われてしまいました。僕なんてあっけなく食われてしまいます！」

「ケルガンさんはあの粗暴な獣をずっと前から飼っているのかい？」

「えっ？　ずっと前からかって！……ええ、そうだと思います。ジャッコも今では年をとってしまいました。母さんがよく言ってました。十年前にロカールのパルドン祭（ブルターニュ地方の巡礼祭）に太った大男がジャッコを連れてきて、広場で見世物にしていたんです。そこでご主人さまはこの男に会って……熊を買いたがったんだそうです……わかりますか？……ご主人さまは男をジャッコとともに館へ連れてきて、その晩に男が村を去るときには熊は連れてなくて、ご主人さまからもらった金貨を村人に見せびらかしました……。男はあちこちでジャッコを厄介払いできてよかった、餌代もばかにならないし……この金があれば充分暮らしていけると話していました……。でも、熊も初めはそんなに凶暴じゃなかったそうです……。ご主人さまがわざと凶暴にしたんです。ご主人さまは熊を殴ったり、ちゃんと餌をやらなかったりしたからです」

「でも、ジャッコはケルガンさんに懐いているようだったけど？」

「ああ！　ジャッコはご主人さまにも庭師のじいさんにも危ないことはしません……それにはわけがあるんです……どうしてかは知らないけど、二人とも熊の耳のそばの首の皮を摑むんです……こうやって、ほら……」

少年は突然説明を中断して、素早く魚を脇の下に抱えると、塀の向こうに姿を消した。

少年が慌ただしく逃げ出したのは、老庭師が小道の向こうからやってくるのが見えたからだった。

僕は無関心を装って養魚池で泳いでいる魚に目を向けていると、白痴の老人は何の疑いも抱かずにそばを通り過ぎていった。

僕は重荷と大きな不安から解き放たれ、これからは主人に知られることなく外部と連絡をとれると思うと嬉しかった。

3

ケルガン　木曜日

　この手紙を書き終える力が残っているのかわからない。僕はくたくたに疲れきっている。熱が出て憔悴してしまった。しかし、この極度の衰弱にもかかわらず、君に話すべき出来事はあまりにも重大で、いち早くこの体験談を送り届けなくてはならない。

　君に手紙を書くのは、単に君の好奇心を満たしたいと望むからだけではない。これらの手紙は、仮に僕が激務の果てに死んだとしても、告発状としての役目を果たすことになるからだ。

だから、もし僕からの便りが三日間なかったら、直ちに僕の手紙を予審判事に届けて、これまでに知ったことと推察できることをすべて話してもらいたい。

しかし、まずは昨夜の出来事の話に取りかかろう。取りとめのない手紙を許してくれたまえ。指の間でペン先が震える。二つの考えをつなぎ合わせることがほとんどできない。頭がかっかして、文章を一つ書いてはひと休みしなくてはならないんだ。

　すでに昨晩からとても具合が悪かった。高熱にひどく苦しめられ、枕に頭を乗せると耐え難い痛みを感ぜずにはいられなかった。

僕は起き上がって窓を開けた。冷たい風が額に当たった。それでかなり楽になった。窓枠に肘をつき、うつらうつらしながら恐ろしい悪夢を見た。頭を金槌で打ち砕かれたようだった。

そんな状態がどれくらい続いただろう？　僕にはわからない。この高熱による譫妄《せんもう》から目を覚ましたのは、奇妙な物音が館の左隅の部屋から聞こえてきたからだ。

高熱のおかげで明らかに聴覚が驚くほど鋭敏になっていたのだ。

ささやくような声が聞こえた。熱心に話し合っている二人の声だ。しかし片方の大きな声が、夜の静寂を支配していた。

僕は慎重に扉を開けて、廊下へ何歩か踏みだした。

勘違いではなかった。館の右手の角にある部屋に人がいた。扉の下から細い光がもれている。会話を聞き取れるのではないかと期待して、僕は爪先立って近づいた。鍵穴を覗いたが、内側から鍵が挿してあって、二人が誰なのかはわからなかった。

会話が途絶えた。

数秒後、ブレア＝ケルガン氏だとわかる声が沈黙を破った。

「何度でも言うが」彼は早口で断固とした口調で言った。「いいか、お前はここに留まっていてはならん……。なぜかって？　お前には関係ないし、何も話すつもりはない……。だが、明日には絶対に出発しろ……。レンヌに家具付きの部屋を借りてやるから、そこでわしが来るのを待っていろ。それから一緒に英国へ逃げるのだ……」

「あなたは私に死ねとおっしゃるのね！」すすり泣きながら話すのは、驚いたことに女性だった。

「私のような病人に旅なんかできるはずないわ！」

「病気であろうがなかろうが、お前は行かなくてはならん。わかったか?」男はつれなく答えた。

「行かなくては……わしが本気で言っているのはお前にもわかるな。それに、わしが望んだことは、実行されなくてはならんのだ！」

「八日間だけ待って……八日後には私は死んでいるかもしれませんから、あなたは私を厄介払いできるでしょう……あるいは、私が快復していればご一緒できますわ」

「もちろんだ！　もし八日間待つことができるなら、お前を無理に明日出発させたりしない！しかし八日後には、わしらは遠くにいなければならんのだ。すでにわしはパリを追われている……。何度か事件を起こして刑事らの疑惑を呼んでいる。逮捕される心配はないが……。財産をかき集めて、ずらかる時だ。お前はここに留まってはならん、わかったか?……そのわけを言ったところで……お前にはわかるまい。お前は身を隠さなくてはならない、それも直ちに……さもないと……どうなるかはわかっているな。お前の悪事もわしと同じくらい軽くはないのだからな！」

「私を脅すなんて！……警察がここであなたを見つけるなんて、どうして言えるの?……警察はあなたの代わりに別人を逮捕したと言ったじゃない」

「ああ、しかし警察の失敗はおそらく長くは続くまい。腕利きの刑事に追われる前に、危ないと思ったらすぐに逃げるのがわしのやり方なのだ！　これが最後だぞ。明日の夜に出発して、お前はレンヌに向かうのだ。もし従わないなら、わしがなんなくお前を始末することくらいわかっているだろう」

「まあ！　ひどい！　あなたのために尽くしてきたのに、私を切り捨てようというのね！」

「わしのためだと！　わしがお前に恩義を感じていると思っているのか？　わしから見れば、お前は利益を得るばかりで……しかも、大した危険を冒すことなく……ところがわしは……」

沈黙している間、ブレア＝ケルガン氏が興奮して部屋の中を歩き回る足音だけが聞こえていた。

突然、彼が足を止めた。

「さて、決心したか？」

「もう！　いつもこうしてあなたに従うのに疲れました……殺せばいいわ……ああ、苦しい！もう一歩も歩けない。どうやってあなたについて行けというの？　殺して！　その方がましだわ。どうせいつかはあなたも捕まるでしょうし、ギロチンにかけられるよりも、ここで死んだ方がましだわ！」

「わしが捕まるだと！」男が皮肉な声で答えた。「……やれやれ！　わしの歯はまだ法の網を噛み切れるくらいしっかりしておる！　そう、もしお前がここに留まれば、わしも捕まるかもしれん……お前もわしと一緒にな……だが、お前がわしに従えば、八日後には——それが遺産の大部分を受け取る日だ——わしはレンヌにお前を迎えに行き、一緒に英国へずらかるのだ……。あちらでわしらを見つけ出すことなぞ、あり得ないからな！」

二人の話し合いは終わりに近づいていると僕は判断した。用心深く部屋に戻り、頭に大きなスカーフをかぶって僕は寝床に入った。

実際、五分後には廊下からブレア＝ケルガン氏の重々しい足音が聞こえた。彼は僕の寝室の扉をそっと開けると、角灯の薄明かりを僕の顔に向けた。

それから、物音一つ立てずに彼は去っていった。

4

主人が自室に戻り、もはや戻ってこないことを確認するために、数分間待った。

それから起き上がったが、このときには熱はさらに高くなり、苦痛は激しさを増していた。

ようやくこの不可解な事件の結末が垣間見えたので、成功を目前にして失敗しないよう、僕は途方もない努力をした。

僕は老人のように腰をかがめ、壁を伝いながら廊下を進んだ。

手足は悪寒にぶるぶる震え、頭は燃えさかる炎のようにかっかしていた！

ようやく例の扉にたどり着いて、その頑丈な戸板を二回ノックした。

何の返事もなかった。鍵穴に耳を当てると、部屋の中からぜえぜえという不規則な息が聞こえてきた。

もう一度ノックすると、深いため息が聞こえた……しかし、それだけだった。

そうこうしているうちに、力が抜けていくのを感じた。僕は倒れないように扉の把手を指で固く握りしめた。

熱に浮かされた幻覚で、殺人者の足音が暗い廊下に鳴り響き、秘密を盗もうとしている僕を取り押さえに来たように思えた。

その秘密は、ここ、僕が入ることのできないこの部屋の中にある！　この敷居をまたぎさえすれば、共犯者に白状させ、ついにこの謎をすべて知ることができるのだ。

『おそらく』僕は自分に言い聞かせた。『最後の力を振り絞ったら、越えがたい障壁のように立ちはだかるこの扉を打ち破れるかもしれない！　しかし、物音が殺人者の注意を引きつけ、苦心した計画の目的を達成しようとした瞬間に失敗してしまうだろう』

僕の頭脳は狂気じみた妄想に取り憑かれ、思考は混乱し、額に冷や汗が流れた。

ああ！　なんと恐ろしい瞬間であろう！　これほどの苦しみを耐えられたら、決してこの苦悶の時間を忘れることはあるまい！

僕はこの部屋に入らねばという考えにとらわれていた。しかし、いかなる手段で？

扉の縁枠によりかかり、両手で頭を抱えながら、考えをまとめようと努めた。しばらくそうしていると、少し落ち着きを取り戻した。僕はそっと自室に戻って、明かりを手に取り、謎めいた殺人の共犯者の扉を開けるのに役立つかもしれないポケットナイフを持ってきた。それから再び廊下に出ると、例の扉の前で足を止めた。

すぐに扉の鍵が厳重にかかっていることに気づいた。開けることは不可能だった。頑丈なオーク材の扉を固定しているネジを外す手段もなかった。扉は内側からネジで固定されていた。

僕はひどく落胆した。廊下のじめじめした壁に片手をつき、がっくりとうな垂れて、のろのろと自室へ戻り、扉を閉めた。

それから、服を着たまま寝台に身を投げ出した。しかし、極度に興奮していたため、必要不可欠な休息を取ることもできなかった。僕の思考は、ここから数メートルのところにある、あの部屋から離れることができなかった。あの部屋には、僕が知りたくてたまらない恐るべき秘密を握っている女が、明らかに瀕死の状態で横たわっているのだ。

あの謎の女とブレア＝ケルガンの間で交わされた言葉は、僕の脳裡に深く刻み込まれていた。僕は一言ずつ吟味しながら、あの会話をゆっくり思い起こした。しかし、残念なことにあまりにも断片的だったので、僕が求めている意味を与えてはくれなかった。しかしながら、あの短い会話で確信したことがある。ブレア＝ケルガンは極悪人で、最近の弟殺しも明らかに初めての悪行ではないということだ。さらに、共犯者が一人いて、そいつをなんとしても始末しようとしている……。ここで恐ろしい考えが浮かんだ。

『あの男は女に館から直ちに出て行くよう命じた。哀れな女はそれを拒んだ。彼女を永久に沈黙させるために、あの男は犯行をためらうだろうか？　彼女がいなくなっても、おそらく誰も疑わないだろう……。殺人者は自分が処罰されないと確信している……。なんということだ、あいつは今夜にも女を殺すかもしれないぞ！』

あいつは今夜、あの女を殺すだろう！

この考えに僕がどれほどの不安に襲われたか理解できるだろうか？　数時間後、もしかしたらすぐにでも、このたった一人の貴重な証人が、血にまみれて消されてしまうのだ！

三時間が経過した。あらゆる努力にもかかわらず、また相当量の阿片を吸飲したものの、僕のまぶたを閉じる眠気はやって来なかった。寝台に横になっていたが、身体は燃えるように熱く、高熱による悪寒が体中を走り抜けてぶるぶると震えていた。僕は目を大きく見開いていた……。

ゆっくり首をひねって、枕元にある大きな銀時計を見た。ちょうど午前二時を指していた。突然――これは幻覚だろうか――長い廊下から微かに何かの擦れ合う音が聞こえた気がした。僕は思った。『あれはきっと夜行性の蝙蝠が羽根を壁に当てた音だ……。いや、違う……音は続いている。人の足音のようだ』

僕はやっとのことで起き上がり、扉に近づくと、息を殺して耳を澄ませた。確かに誰かが廊下を歩いている。足音を忍ばせ、極めてゆっくりした足取りで、深夜の散歩者がじわじわと近づいてくる。僕の部屋の前を通り過ぎる足音がはっきりと聞こえた……そして、足音は遠ざかっていった。

その足音はほとんど聞き取れなかったが、リズムと規則性があった。ブレア＝ケルガン氏の歩き方とは違う。彼の歩き方にはむらがある。前に書いたように、あの男は左足を少し引きずっている。しかし、こんな夜遅い時間に歩き回っているのがこの館の主人ではないとしたら、いったい誰なのだろう？

強烈な好奇心に突き動かされ、自分の軽率な行動が冒そうとしている危険を考えることなく、僕は扉をそっと開けて、廊下へ出た。

右側は、数時間前に入ろうとして失敗した、あの謎の部屋がある方で、真っ暗で静まり返っていた。そして僕は左側を向いた。すると何かが見えた。狭い廊下の奥に大きな黒い影が明るい背景に浮かび上がっていた。その影は幽霊のようにゆっくりと、真っ直ぐにぎこちなく進んでいた。いかなる代償を払おうとも、この奇妙な謎を解明しなければならない。ブレア＝ケルガン氏の召使いになって以来、僕は用心のために、いつも二丁の小型拳銃を身につけていた。拳銃で武装して、足音を忍ばせながら、遠ざかっていく影の方へ近づいていった。

僕はかなり早足で歩いた。たちまちほんの数メートルにまで近づいた。そこで歩調を相手に合わせ、気づかれないよう用心に用心を重ねた。

この奇妙な冒険を始めたときに僕がどのような感情を覚えたかは説明できない。殺人者が隠れ家にしている古い館の暗い廊下をさまよう幽霊のような人影は、何ともいえないほど幻想的で超自然的な光景を呈していた。犠牲者の一人が生き返り、怨みを抱いて恐ろしく容赦なく、殺人者の枕元にやって来て眠りの中で苦しめているのだろうか？

人影は時計仕掛けのように規則正しくゆっくりとした歩調で進んでいった。長い廊下の端にたどり着いた。そのとき、前方を照らしている明かりのおかげで、分厚い壁に紛れていた狭い石段の初めの数段が見えた。

僕は数歩進んで人影に近づき、どちらへ向かっているのかを見届けようとした。

そのとき、時を経て風化した廊下の舗石に足をつまずかせてしまった。

『しまった！』僕はそう思ってぞっとした。

事実、この物音で、深夜の散歩者は突然振り向いた。その手に持っていた明かりで、僕を爪先から頭まで照らし出した。

僕は立ち止まり、両手を拳銃の銃床に置いて、仮にこの謎の人物が、僕の考える通り殺人の共犯者の一人であるなら、倒れるまで戦い抜こうと決意した。ところが、驚いたことに、人影は身動きもせず、沈黙したまま僕の前に立っていた。僕がいることに気づいていないようだった。僕は数歩前に出て人影に近づいた。

そのときになって、この半ば幻想的な存在は、目鼻だちのはっきりした厳めしい顔の長身の女性であることに気づいた。彼女は色つきのスカーフをかぶっていた。白髪まじりの長い巻き毛が肩にかかっていた。灰色がかった大きな肩掛けで上半身をすっかり覆っている。顔色は死人のように蒼白だった。目を大きく見開き、天井をひたと見据えたまま、動きも表情も窺えなかった。きっと結んだ口元には、ぞっとする笑みが浮かんでいた。

僕は恐怖のあまり後ずさりした。もはや疑いの余地はない。この女だ！　この瀕死の女こそが、三時間前に、僕が断片を聞いた謎めいた会話をブレア＝ケルガンと交わしていたのだ。この女は犯罪の共犯者にして、すべての秘密を握っている！　僕は彼女のもとに駆け寄り、脅して震え上がらせ、有無を言わさず、彼女が胸の内に秘めている恐るべき真実を引き出そうと決意した。彼女は恐怖のあまり金縛りにあい、すくんで身動きできないのだろう。とにかく、僕を見て引き起こされた最初の恐怖に乗じて、彼女と共犯者の犯罪を白状させるのは容易いことだろうと思った。

ところが、顔を近づけると、彼女の目は据わり、きっと結んだ唇は蒼白く、こめかみに脂汗が浮いていることに気づいた。もはや生命の息吹も感じられない痩せこけた胸を見て、たちまち真実が明白になった。

この哀れな女は夢遊病の発作に襲われていたのだ！

彼女は両手で小さなランプを胸に掲げていた。そして自動人形のように突然動き出して、いきなり片手を下ろし、僕の手首を摑むと、鋼鉄の万力のように握り締めた。しかし彼女は僕を見ておらず、目はずっと上を向いていた。どうやって僕に気づいたのだろうか？　すると、唇がゆるんで、軽く息をもらした。彼女が話し出すと思って、耳を唇に近づけたが、彼女は再び口を閉じ、不意に顔をそむけると、僕の手を握ったまま、しばし中断させていたゆっくりとした歩みを再開した。

僕は勇気をふりしぼり、凄まじい力で腕を握り締められて激しい痛みを感じていたにもかかわらず、振りほどかずに、意を決して後をついて行った。

すると女は、先ほどの数段を見かけた狭い石段へ向かった。僕らは石段を降りた。二十五段を数えたところで踊り場に着き、そこで謎の連れは立ち止まった。そして再び僕の方を振り向き、何やら理解できない支離滅裂な言葉をつぶやいた。僕らは館の二階にたどり着いたのだ。目の前には長い廊下が延びていて、その奥は夜の闇に包まれて見えなかった。

夢遊病の女は僕の腕を放し、静かにするようにと言うように唇に指を当てて、先手を打った。再び彼女の後をついて行った……僕の心臓は張り裂けそうなほど強く打っていた。いったいどこへ連れて行こうとしているのだろう？　ブレア＝ケルガンの部屋がこの階にあり、寝室の扉がこの廊下に面していることは知っていた。もし僕らの足音が聞かれたら！　もしいきなり部屋から出てきて、犯罪の秘密を握る女と一緒にいるところを見られでもしたら！……いつ襲ってくるかもしれない差し迫った危険、絶えず足元から立ち現れかねない危険への不安ほど、耐え難い恐怖はない！　そのとき、僕は息が止まり、生きた心地もせず、頭脳の働きのすべてを唯一つの考えに集中していた。深い闇を見通そうと目を凝らし、僕らが一歩ずつ進んでいる廊下の奥から、夜の深い静寂を通して何か物音が聞こえないかと不安に駆られ、耳をそばだてた。

突然、僕が後をつけていた人影が再び立ち止まった。女は僕の方へ振り向き、近寄るよう合図した。僕は従った。すると女は痩せこけた指を、昔日の職人の手になる素朴な彫刻が施されているところが他とは異なる、オーク材の扉に触れた。

このしぐさが何を意味するのか、どうして謎の案内人がこの扉の前で立ち止まったのか、僕にはわからなかった。館のこちら側には誰も住んでおらず、それもかなり以前から無人で、老庭師が果物や冬野菜をしまうために使っていた。

連れの女は僕のとまどいに気づいたようだ。女は再び扉に指を当ててつぶやいた。

「ここよ！……怖いの？……さあ……あの男はぐっすり眠っているわよ！」

夢の中でこの女は誰のことを話しているのだろう？　この部屋にいるのは館の主人なのか？

僕は低い声で、しかしゆっくりと一語ずつはっきりと発音して訊ねた。

「ここに眠っているのはブレア＝ケルガンなのか？」

「ええ」と女は答えた。

きっと結んだ唇には、先ほど見かけたぞっとする笑みが浮かんでいた。

するると女は、錆だらけの鍵を大きな錬鉄製の鍵穴にそっと差し込み、音を立てずに回すと、扉を押して大きく開けた。

「さあ、いらっしゃい！」女が言った。

僕は女の後から入った。女が扉を閉めた。

この奇妙な案内人に招き入れられた部屋は中くらいの広さで、天井がとても高かった。壁一面に人物の描かれたつづれ織りがかかっていたが、歳月と湿気のために色が褪せていた。この部屋の様子にはとても驚かされた。明らかにこの部屋には人が住んでいた。奥には円柱で支えられた天蓋付きの大きな寝台が置かれ、幕が下りていた。寝台のそばに背の高い安楽椅子があり、その上に男物の衣服が無造作にかかっていた。その向こうの窓際には小さな髭剃り用の鏡が吊るされ、洗面台には石鹸水を張った洗面器が載っていた。中央に置かれた一本脚の円卓には、カワウソの革製の大きな鳥打帽と狩猟用の鞭が投げ出されていた。高い暖炉の上には二連発式の火縄銃が置かれ、暖炉に厚く積もった灰の中に黒ずんだ薪が二本あった。そして、寝台のそばに置かれたナイト・テーブルには使いかけの蠟燭と銅製の燭台と、その横には広げた新聞があった。

臆することなく、夢遊病の女はランプを手に寝台へ向かった。僕は本能的に後ずさりして、物陰に留まった。言語を絶するような恐怖に囚われて、僕は不安に身を震わせていた。正直に言えば、怯えていたのだ！　そう、殺人犯特有の浅い眠りについているに違いない、あの男がいきなり目を覚ましてこの哀れな女がいることに気づき、目の前で起こるかもしれない恐ろしい光景を想像すると、悲痛な恐怖が胸にあふれてきた。それでも僕は留まることを決意した。好奇心が再び感情を上回り、影の証人として、二人の犯罪者の深夜の話し合いに立ち会いたかった。僕の危険な冒険を結末に至らせるはずの恐るべき新事実が、ついに彼らの口から聞けることを期待したのだ。

女は寝台に近づいて幕をゆっくりと引くと、吊り環が錆びたレールは軋んだ音を立て、それから女は枕元に身をかがめ、何かに耳を澄ませていた。

軽率な好奇心に駆られて、僕はそちらへ首を伸ばした。なんてことだ！　寝台は空だった。シーツと毛布がくしゃくしゃに丸まり、枕は壁際に投げ出されていた。

僕は、謎の連れがじっと身動きもせず、寝台で寝ている想像上の人物を見下ろしている、その横に立った。そのとき、寝台のシーツが裂けて穴だらけなことに気づいて驚いた。長い年月の間にハツカネズミの大群に食い荒らされたのだろう。

女はゆっくりと顔を上げて、僕の耳元に話しかけてきた。

「よく眠っているわ」女はささやいた。「……私たちが飲ませた水薬が効いたわ」

そう言うと、女はいきなり僕の手を取って、かなりの高さがある寝台の下を指さした。

「そこに隠れて」女は言った。「早く」

恐るべき真実が明らかになりつつあった。僕は女の指示に従い、寝台のそばに身を伏せた。すると女はナイト・テーブルに置いてあったランプを身にまとう肩掛けの下に隠し、暗い部屋の隅に引き下がった。

しばらくして、僕は女に近づいて言った。

「やりましたよ！」

「もう？」女は深くため息をついて答えた。

彼女は再び寝台に近づき、痩せこけた手で毛布の上を撫でて、眠っている人物の胸があると信じているところに手を置くと、不安げにじっとしていた。

「ええ」ようやく女はくぐもった声で言った。「確かに死んだわ……。なんて恐ろしいこと！短刀で刺し殺すよりはましね……これなら痕跡も残らないでしょう？」

これらの言葉は、途切れとぎれに喘ぎながら、女の口から語られたのだった。この哀れな女は凄まじい重圧に押し潰されていた。あまりの恐ろしさに全身が震えた。

鉄のような両手で僕の腕を摑みながら、ようやく彼女は再び口を開いた。

「さて……死体を始末しなくては……あなたが彼の後釜に座り……そして私が妻になるわ……私はお金持ちになるのよ！」

そのとき、僕はナイト・テーブルの上に広げられた新聞に視線を落とした。そっと女の腕を振りほどいて、新聞をランプに近づけた。日付は一八三六年一月二十五日だった。今日は一八四六年一月二十五日である。

僕はすべてを悟った。僕がさっき一役を演じたこの謎めいた場面は、ちょうど十年前のこの日に、この部屋の、この寝台のそばで起こった惨劇の繰り返しに違いない。

十年前、ブレア＝ケルガン氏は大胆不敵な悪党に殺されて亡くなり、そいつは厚かましくも同氏になりすまして財産を奪い、そして顔立ちまでも奪ったのだ！

この女は犯罪の共犯者で、殺人者の妻の座に納まったのだ。

カセット街の哀れな銀行家の検死解剖のときに、執事のプロスペル氏がブレア=ケルガン氏は召使いと結婚したと言ったことを覚えているかい？

そして、この女の名前がイヴォンヌであることを知った。

5

ロクヌヴィナン　宿屋エキュ・ド・フランス　金曜日午後十一時

かなり長くなってしまったので、前回の手紙は中断せざるを得なかった。水曜日の夜の出来事で、僕はくたくたに疲れていた。昨日はジャン＝マリーに手紙を渡すために、庭の塀にたどり着くことがやっとの体力しか残っていなかった。

僕は小さなメッセンジャーに満足している。この少年はなかなか聡明で、口が堅いようだ。僕は郵便局長に、私宛の手紙はこの使者に委ねてほしいという伝言を託した。もっとも、ここに長く留まることはないだろうと思う……僕の計画は終わりに近づいており、生死にかかわらず、間もなく君と再会できるだろう。

さて、中断した話を再開しよう。

夢遊病の女は犯罪の場面を再現した後、すぐに僕を部屋の外に連れ出すと、扉を厳重に戸締りした。

女は今や大股で歩き、速すぎてついて行くのがやっとだった。壁に穿たれた狭い階段を再び上り、最後の段に達すると急に立ち止まり、僕に身体を寄せて、喉を締めつけたような声でつぶやいた。

「聞こえる？……聞こえるでしょう？……あいつらが追ってくる……。見られたのよ……。おしまいだわ！」

そして女は身体をかがめ、ぶるぶると震えながら、血走った目つきで再び走りだした。女を追って寝室まで行くと、彼女は扉を閉めた。ぞっとするような恐怖の表情が血の気のない顔に浮かんでいた。ようやく女は寝台に戻り、目を閉じて口元まで毛布を引き上げると、それを力一杯噛んだ。

僕はしばらく寝台のそばに立って、注意深く女を見つめていた。間もなく息遣いは穏やかになり、顔に血の気が戻ってきた。自然な眠りに入ったことがわかった。

さらに数分間待ってから、僕は女の肩に手を置いて、目を覚まさせようと激しく揺すった。彼女は目を開けて、突然起き上がった。僕がそばにいるのに気づくと、言語を絶する恐怖を身振りで示した。彼女が悲鳴をあげると思ったので、僕は素早く手を彼女の口に当てて、毅然とした口調で言った。

「声を出すな、助けを呼ぶな……そんなことをしても無駄だ。お前を生かすも殺すも思いのままだからな……」

「あなたはいったい誰なの？」怯えた目で僕を見つめながら、彼女はかすれた声で言った。

「判事だ！……」

女は激しく身を震わせた。

「お前の過去はわかっているぞ」僕は厳しい口調で言った。「お前の犯した罪もわかっている。一八三六年一月二十五日の夜、お前は主人を殺したのだ」

「いいえ！　違います！　私じゃありません！」女はじたばたしながら叫んだ。「……やったのはあいつです！」

「そう、ブレア＝ケルガン氏の寝室にいたのはお前一人じゃない、共犯者がいたことはわかっている。さあ、共犯者の名前を白状するんだ」

彼女は額に浮かんだ冷や汗を痩せこけた手でぬぐった。

「名前ですか？」消え入りそうな声で女はつぶやいた。「……待って、思い出しますから……。男の名前は……」

彼女は最後まで言えなかった。痙攣したように両腕を突っ張り、頭を後ろにのけぞらせて、枕の上にどさりと倒れ込んだ。僕は女が死んだと思った。実際、胸は呼吸する様子もなく、手も首も冷たくなっていた。しかし、心臓に耳を押し当てると、微かな鼓動が聞こえた。それで、この哀れな女は強硬症《カタレプシー》と呼ばれる恐るべき精神病に苦しめられていると、僕は確信した。

僕は後ずさりして、部屋から出ようとした。結局のところ、殺人者の名前を知る必要などあるのだろうか？　すでに察しはついているのではないか？　このように複雑な犯罪を計画し、大胆さと巧妙さを同時に発揮できる、世界で唯一人の男を知っているのではないか？

そこで部屋から出て、自室に戻ろうとしたとき、廊下から聞き覚えのある不規則な足音、老水夫や元徒刑囚に特有の足音が聞こえてきた。

あの男だ！　あいつが犠牲者にとどめを刺しに戻ってきたのだ！

逃れることは不可能だった！　僕はあたりを見回して、隠れる場所を探した。やっとのことで、窓にかかる大きなカーテンの後ろに身を滑り込ませた。カーテンはとても厚くて、きっと部屋の明かりが漏れて庭から見えることはないのだろう。覚えているだろう、このやり方で僕はウィクソン医師の計略を見破ったのだ。

危ないところだった！　カーテンを引くや否や、鍵の軋む音がして、扉がゆっくりと開いた。殺人者はとても興奮しているようだ。顔は蒼白く、眉をひそめていた。斜めにかぶった灰色のかつらから、黒檀のように黒くて長い髪がこぼれていた。

男はゆっくりとした足取りで寝台に近づき、手に持った小さな角灯を持ち上げると、老女の顔を注意深く眺めた。

男の顔が急に明るくなり、ふっとため息を漏らした。老女が死に、その死によって男は新たな犯行をせずに済んだと思ったのだ！

男は女の冷たくなった手を取って、持ち上げてから放した。彼は大理石のような胸に耳を押し当てた。

それから男はゆっくりと身体を起こし、奇妙な笑みを浮かべて共犯者をもう一度眺めると、足音を忍ばせて出て行った。

男が振り返ったとき、ドレッシング・ガウンの袖の折り返しに長い針が通してあり、それが常夜灯の明かりできらりと光ったのを、僕ははっきりと見た。

6

翌日、恐ろしい主人は僕に朝食を給仕するように命じた。深夜の冒険で疲れきっていたが、何らかの疑いを抱かせるのを恐れて、僕は従った。

食事中、彼は何度も僕をこっそりと観察していた。その鋭い視線は、僕が心の奥底に隠している秘密を見破ろうと探っているかのようだった。

彼が食卓から立ち上がろうとしたとき、扉がノックされた。

僕は扉を開けに行った。そこには老庭師のイヴがいて、ブレア＝ケルガン氏宛ての手紙を持ってきていた。僕は封筒の表書きを見た。レンヌからの手紙であることが見て取れた。

主人は素早く封を開けた。そのとき、僕は彼の後ろを通った。手紙の最後に大きな署名と、公証人のものと思われる複雑な花押が押してあった。

彼は細心の注意を払って手紙を二回繰り返して読むと、おもむろに立ち上がって扉へ向かった。

僕に近づき、何かを決めかねるように僕をじっと見つめた。何か言いたそうだった。しかし、いきなり背を向けて出て行ったので、黙っていた方がよいと考えたのは明らかだった。

そこで僕は、今朝君に宛てて書いた手紙をジャン＝マリーに渡すために、這うようにして庭の塀へ向かった。

この遠征に三十分以上もかけて、持てる力をすっかり使い果たして戻ってくると、熊のジャッコを物憂げな目で見つめている老庭師がいた。

そっと彼に近づいた。彼は僕に気づいていなかった。

「お前もかわいそうに！」毛むくじゃらの耳に通された小さな金色の輪を摑み獰猛な獣を引き止めながら、老庭師はつぶやいた。「三日間もとんだ災難だな！……ご主人さまが戻ってくるまで、お前に餌をやるのを禁じられたんだよ！」

「何ですって！」老人の肩に手を置いて僕は言った。「ブレア＝ケルガンさまは出かけられたのですか？」

白痴の老人は叫び声をあげた。

「なんてこった！」僕の手を振り払って老人は怒鳴った。「ご主人さまからお前には話すなと命じられていたのに！　お仕置きに棒で打たれる！……棒で打たれる！……」

老庭師は片腕を天に向かって上げ、もう片方の腕を肩にやって、あたかも約束された恐ろしい懲罰の痛みを今から感じているかのようにして逃げ出した。

真相がすべて明らかになってきた。今朝受け取った手紙を読んで、明らかに相続の問題を片づけるため、主人はすぐにレンヌへ向かったのだ。

彼は僕が気づかないうちに慌ただしく出発した。彼が留守にすることを口止めしたのは、僕が自由に動き回り、綿密な調査に励み、館の外に出ることを禁じた命令に背くことを恐れていたのだ。

彼は驚くべき洞察力で、僕が何者なのかを見抜いていたのだろう。もはや疑う余地はなかった。

しかし、それならどうして僕に手心を加えるのだろうか？　自分の妻にしたあの哀れな女を殺すのを躊躇しない男が、この犯罪を台無しにしたくないのなら、どうして僕を始末するのを躊躇するだろうか？

そこが僕にはわからない。

ジャッコの低い唸り声が僕の思考を遮った。

熊は鼻を地面に這わせ、毛を逆立てて檻の中を歩き回り、腹を空かした様子で唸り声をあげた。

そのとき僕は、老庭師がうっかり漏らした秘密を思い出した。主人は自分が戻ってくるまでジャッコに餌をやることを禁じていた。

つまり、彼が戻ったら自分で熊の餌を用意するのだろうか？　この結論に僕はとても安心できなかったので、あまり長期間ジャッコにひもじい思いをさせまいと心に決めた。

熊は後ろ足で立ち、大きな頭を揺すりながら、優しさの微塵もない小さな目で僕を見つめた。

僕は檻の方へ数歩近づいた。

熊は頭の動きを速めた……僕に死の抱擁をするかのように、前足を鉄格子の間から突き出した。

そのとき、耳につないである金色の輪が、僕の手の届くところにきた。

僕は素早くそれを摑むと、さっき庭師がやっていたように指を通した。

たちまち、熊の獰猛さは消え失せてしまった。

態は穏やかな表情で目を閉じ、どすんと腹這いになり、僕の足元に横たわった。

僕はジャッコを手懐ける手段を手にしたのだ。これだけでも大きな収穫だった。

主人が留守の間、少なくとも三日間、僕は自由なのだ！　つまり、僕が計画している館の捜索をするのに必要な時間がたっぷりあるということだ！

しかし、そのときかなり衰弱していたので、計画は翌日に延期することにした。

僕はやっとの思いで二階まで階段を上がって、寝台に身を投げ出した。

あの病人の部屋まで行って、強硬症で眠りについた後に死んでいないか確かめる余力もなかった。

午後三時になっていた。

僕はぐっすり眠ってしまい、翌朝五時まで目が覚めなかった。

熱は下がり、頭はとてもすっきりした。全身に大変な活力がみなぎっているのを感じた。まもなくこの謎の完全な解決が得られるという期待によって、快復が大いに早められたのだろう。

夜が明けるのをじりじりしながら待った。冬の太陽の弱々しく冷たい曙光《しょこう》が霜のついた窓ガラスを輝かせて射し込むと、僕は起き上がって素早く服を着替えた。

僕の一番の関心事は、あの悪党の共犯者の寝室に入ることだった……。つねに落ち着いて冷淡な態度、沈黙して平然としたまま……。

それから僕はこの部屋を出て、中庭へ下りていった。

7

ジャッコはとうに目を覚ましていて、前夜に餌をもらえずに寝た熊としては当然ながら不満げな唸り声をあげた。僕は台所から大きな肉の塊を取ってきて、ジャッコへ投げ与えた。熊は喜びの叫び声をあげて感謝し、立派な歯でむさぼり食い始めた。

僕は殺人者の部屋に侵入しようと決めていたが、それは何か証拠物件、物的証拠がなければ司法警察はたいてい動かないので、それらを発見したかったからだ。

その部屋に扉から入れるとは考えてもみなかった。なぜなら扉の錠が秘密仕掛け式で、鍵はあの男が持っていたからだ。

僕は窓からの侵入を試みることにした。

前にも書いたと思うが、館の前にはノルウェー樅の巨木がそびえ立っていて、その生い茂った枝が壁をかすめ、すらりと伸びた梢が僕の部屋の窓に達していた。

枝が密集していて、真っ直ぐに突き出した枝が階段のように登りやすい形をしていたおかげで、大した困難もなくこの木を登った。

こうして二階へたどり着くことができた。主人の寝室と見当をつけた窓に顔を押し当てた。ところが不運にもカーテンが引かれて、しっかりと閉じられていたため、部屋の中を窺うことはできなかった。

しかしながら、くじけることなく、侵入の痕跡を残さずに部屋に入る、最も確実な方法をじっくりと考え始めた。

僕は新ロビンソン（ヨアヒム・ハインリッヒ・カンペ作『新ロビンソン物語』）のように樹上に留まって熟考していたが、たまたま空を見上げたところ、大きな窓の左側に四角い小さな開口部を見つけた。それは寝室の隣部屋の採光窓らしい。

小窓を覗き込める高さまで、僕はもう少し木を登った。しかし頭上に葉が幾重にも重なっていて、何も見ることができなかった。

日光を遮っている枝をかき分けて、もう一度見てみた。

しばらくすると目が暗がりに慣れてきて、僕の予想は確かに間違っていなかったことがわかった。この小さな窓はおよそ二メートル四方の小部屋の明かり取りだった。さらに左の壁に大きな黒い染みが見えたような気がしたが、それはこの小部屋と寝室をつなぐ扉であろう。

やがて僕の視線は、奇妙でおぼろげな形をしていて、薄暗い隅に浮かび上がる白っぽい染みに引きつけられた。まるで巨大な蜘蛛の巣のようであった。

それは骸骨だった。

この光景に僕の意気込みはいっそう高まり、好奇心を新たにかき立てられた。なんとしてもこの謎の小部屋に入りたかった。数分間考えた後、僕が入った痕跡を残すことなく忍び込める計画樹脂《やに》の出ている、最も乾いていそうな樅の枝をナイフで切り、火打ち石を打って火をつけた。それから、火のついた松明を脇にしっかりと抱えた。

窓の鉛枠には四枚の小さなガラス板がはめ込まれていた。僕はナイフの刃を松明の火で熱し、ガラスを固定している鉛に押し当てた。空しい試みを何度も繰り返した後、ようやく鉛の枠がはずれて、窓台の上に倒れた。慎重にガラス窓を取り外し、壁の張り出しの上に置いた。熟練した泥棒のような巧みな手際で、僕はこの仕事を成し遂げた。開口部に手を差し入れて、錆びついた差し錠をなんとか開けた。

窓が開くと、地下納骨堂から発するような刺激臭が鼻を突いた。僕は樹脂の松明を持ち、狭い窓を通り抜けて中に入ったが、部屋は幅よりも奥行きがあり、剥き出しの壁は結露していた。

まず、興味を惹かれた骸骨の方へ向かった。それは背が高くがっしりした体格の男のものだった。僕は注意深く骸骨を調べたが、両足の異常な形状に引きつけられた。とても長くて、曲がった上部の骨に著しい突起があった。検死解剖の日、ブレア＝ルノワール氏の足を覆っていた屍衣《しい》を持ち上げたとき、僕が同じところに注目したのを覚えているだろう。

この一致に僕は引きつけられた。骸骨の身長を正確に測り、調査を続けた。

壁には何かが埋め込まれていると思われる、わずかなひびも見つからなかった。

壁はセメントがしっかりと塗られ、表面は完全に平らだった。

このじめじめした穴倉の壁を調べ終えたとき、何かが足にぶつかった。すぐに松明で床を照らすと、床に敷かれた赤いタイルが、靴先に当たってわずかに持ち上がっていた。僕はひざまずいて、長い指でこのタイルを楽々と持ち上げた。

そこにはとても深くて狭い穴が設けられていて、そこから紐で口を縛った細長い革袋を引っ張り出した。

袋の中にはいろいろな物が入っていた。その詳細を列挙しよう。この簡単なリストによって、この発見の重要性を認識してもらえるだろう。

一、英国製の解剖器具入れ。この分野に関して僕はまったく無知なのだが、見事な作りだと思う。

二、丸い赤革のケース。中にはとても細くて丈夫な五本の針が入っていて、先端に茶色い染みがついていた。ケースの下の部分は取り外せるようになっていて、ガラスの小瓶に茶色い濃厚な液体が満たされていた。

僕はこのケースを注意深くポケットにしまった。

三、銀食器セット五人分。花文字でＣＢと書かれた上に伯爵の冠が描かれている。
四、見事なダイヤモンドの指輪。
五、金の懐中時計。騎士の兜を載いた花文字で数字が書かれている。

他に宝石などはなかった。殺人者は、明らかに足がつく危険のあるパリで売り払えなかった物だけを持ってきており、おそらく英国でこれらを処分するつもりなのだろう。

初めは期待していなかった捜索の成果に嬉しくなった。この最新の発見によって、犯罪の迷宮から僕を確実に導いてくれる糸をついに手に入れたのだ。仮に曲がりくねった道のすべてがまだ判明していなくても、少なくともどこまで到達しているのかがわかったし、その道程のさまざまな段階がはっきりと見えてきた。

不思議なものだ！　あれほど熱望していたこの瞬間に到達した途端、捜索と観察の予想外の成果に、僕はほとんど冷淡で無感覚になっていた！

この勝利のときに、僕を目標へと導いた推理は努力もなしに自然と頭に浮かんだように思われ、そして真相を夢中で追求してきたために、過酷な労働や長時間の不眠、苦痛を与えられたことは忘れてしまっていた！

8

ケルガン　土曜日夕方五時

ジャン＝マリーが今日、君からの手紙を届けてくれて、ウィクソン博士がパリから姿を消し、麗しき都で夜襲の噂を聞かなくなったことを知った。

それにはとくに驚いていない。その理由は君も知っての通りだ。

君が僕に示してくれた友情の証と、健康を慮ってくれる心遣いには心から感謝している。

ああ！　すでに述べたように、僕を駆り立てている精力がすべて放出され、身を捧げた仕事が成し遂げられたあかつきには、きっと疲労の重みに押し潰されてしまうだろう。

猟犬グレイハウンドが追い詰めた牡鹿の死体の上で息絶えるように。

この手紙はきっと、君に書く最後のものになるだろう。今夕、主人の帰りを待って、今夜のうちに罠にかける。あの男が司法警察の手に引き渡され次第、僕はパリに発つ。

昨日ペンを置いたところから話を再開しよう。

あの部屋の捜索を終えると、長い針の入ったケースをポケットにしまい、僕は木を下りて自室に戻った。針の先をこそげると、表面に塗られていた茶色い物質が粉末になって落ちた。それから、恐るべき液体の入った小瓶を空にして、念入りに洗った。

この作業が終わると、少量の煤を水に溶いた無害な液体を、小瓶に入っていた猛毒の代わりに入れた。同じように針の先にも塗った。

そして再び下へ降りて、同じ危険な経路を通って死の穴倉へと戻った。

革袋に入っていた物をすべて中に戻し、その革袋を隠し場所に戻すと、穴を覆い隠していた小さなタイルをぴったりはめ込んだ。

再びガラス窓を鉛の枠に固定するため、炎で赤く熱したナイフを使った。この長時間にわたる作業を終え、生い茂った樅の枝を伝って地上に降りた。

時刻は正午半になっていた。ジャン＝マリーと約束している毎日の面会の時間だった。

ブルターニュ人の少年はかなり困っているようだった。養魚池が凍結してしまったので、日々の獲物をかくまっている氷を砕こうと大きな石を投げ込んでいた。

「こんにちは、ピエールさん」少年は澄んだ声で叫んだ。「もう病気は治ったんですね！」

「うん、おかげさまでね、かなりよくなった。おやおや！　今日は釣果がないようだね？」

「ええ！　まったくついていません！」豊かな金髪を手でかきあげ、少年は悔しそうに言った。「この氷ときたら石よりも硬いんです。ほら、見てください……石は氷を割らずに上を滑るだけです……。リュク爺さんの具合がとても悪いので、何も持っていかないと死んでしまうかもしれません。ほんとうに……かわいそうに！」

この遠回しな訴えは僕に施しを求めていると理解した。

僕はリュク爺さんのために銀貨を一枚、もう一枚を少年に与えた。このインド帰りの成金のような気前のよさに少年は驚きの声をあげ、喜びに目を輝かせた。

僕は彼に手紙を渡し、改めて秘密を厳守するように忠告した。

それから彼に訊ねた。

「ここからロクヌヴィナンまでどれくらいなのかな？」

ロクヌヴィナンはここの郡庁所在地だ。

少年はしばらく考えていた。

「実は」彼は答えた。「そこへは行ったことないけど……たっぷり二里半から三里近くあるそうです」（一里《リュー》は約四キロメートル）

「そこへ僕を乗せて行ってくれる馬車屋は近くにあるかい？」

「えっ！　館の外へ出かけるんですか？」

「ああ。ご主人さまが二日間の休暇をくれたから、町を見物したいんだ」

「すぐに出発したいんですか？」

「ああ」

「ええと……カブリオレ馬車（一頭立て二輪馬車）と馬を持っている車大工がいます。ケルガンさんが遠出するとき馬車を御する人です。でも、車大工は昨日のお昼に町へ出発したところで、まだ戻っていません。……そうだ！　粉挽きのために馬を飼っているクロード親父がいます……もっとも、馬車は持っていませんけど」

「かまわない、自分で馬に乗っていくよ」

「なんなら、訊いてきましょうか?」

「いや、僕も一緒に行こう。クロード親父の家は遠いのかい?」

「ここから三十分ちょっとの……町の外れです」

「なるほど……栗の並木道の端で待っていてくれ。十分したら行くから」

壮健なブルターニュの田園風景を横切り、道案内の可愛らしいおしゃべりのおかげで、前夜、僕を苦悶させた不快感はすっかり消え失せていた。

クロード親父はあっさりと馬を二日間貸してくれた。川が凍って水車が動かないため、二十四時間この馬に餌をやってもらえて、むしろ粉屋は喜んでいたと思う。

正確な経路と町で最高の宿屋を教えてもらい、馬の健脚のおかげで、三時前にロクヌヴィナン広場にある宿屋エキュ・ド・フランスに到着した。

僕がすぐに昼食を用意させたのは、朝から何も食べていなかったからだ。それから宿屋の主人に、第一審裁判所がどこにあるのか教えてもらった。

主人は、時を経て壁が黒ずんだ、広場に面した四角い建物を指差した。

「あれですよ……。あそこにギロチンが発明される前に斬首に使われていた両手で振るう立派な剣が見えます」

歴史の知識を教えてくれた宿屋の主人に礼を言うと、僕は裁判所へ行って予審判事との面会を求めた。

ロクヌヴィナン裁判所の予審判事、ドノー氏は三十歳そこそこの青年である。いきいきと輝く眼光は活力と知性を示している。立ち居振る舞いは礼儀正しさに満ち溢れていた。一瞥して、この困難な職業に剛胆な決断力と同じくらい繊細さも発揮する意気込みが見てとれた。

「予審判事」机のそばに腰かけると、僕は単刀直入に言った。「十年前、ブーレ・ルージュという男が率いる悪党一味がパリで働いた大胆不敵な犯罪について、きっとお聞きになられたことがありますよね？」

「もちろんです、ムッシュ」若い司法官は答えたが、僕の質問にちょっと面食らっているようだった。「当時、あの事件は大騒ぎとなりましたし、父があの審理の裁判長を務めていたので、誰よりも詳細をよく知っています」

彼が名前を告げたとき、確かに、僕が初めて担当した法廷の裁判長がドノーという名前の司法官だったことを思い出した。

「それでは、予審判事」僕は答えた。「あの事件をご存知なら、驚くほど巧みに強盗団を率いていた首領が警察の追求を逃れたことはご存知ですね？」

「もちろんです。仲間によって殺されたとも言われています」

「さて！　予審判事、私はその男が生存していることをお知らせし、身柄をあなたの手に引き渡すことを提案しに来たのです」

予審判事は仰天して僕を見つめた。

それから、一月三日の夜にビヤンアシ警視がルイ・ゲランの部屋を訪れたときから、僕が殺人犯の秘密の穴倉を捜索するに至るまで、君がすでに知っている話を始めた。

僕が話している間、予審判事は、おばあさんが語り聞かせるお伽噺の不思議な出来事にびっくりしている子供のように、無邪気に驚いたまなざしで僕を見つめていた。

9

僕が予審判事の眼前に、あの男との闘いの暗澹たる驚くべき光景を繰り広げ終えると、ドノー氏は感極まって僕の手を握り、この不思議な冒険譚に大いに興味を示した。

若き司法官はまだ駆け出しで、これほど悪名高く恐れられた悪党に対する、成功を約束された戦闘に取りかかれることへの喜びを隠せずにいた。

この事件がもたらす評判を予想し、彼の名前にまで及ぶであろう栄誉を今から嚙みしめていた。

「その男が明日戻るのは確かなのですね？」しばし考えてから彼は言った。

「レンヌへ行って戻ってくるには、ちょうどそれだけの時間がかかります。道中それほど遅れるとは思えません」

「あなたの方がその男の習慣や館の間取りをよくご存知です。抵抗する隙を与えずに男を逮捕する最善の策はどのようなものでしょうか？」

僕はじっくりと考えて決めた、最も確実かつ迅速と思われる方法をかいつまんで説明した。

彼は大いに賛成してくれて、この重要な計画を彼自身が指揮したいと申し出た。

彼は力強く握手をし、数限りない賛辞――自分に幸運を持たらしてくれる人への礼儀をわきまえていた――を呈して、僕を見送った。

予審判事の執務室を出たとき、町の古い教会の鐘が六時を告げた。

すっかり暗くなり、家々の奥まった戸口も、不揃いに連なる屋根も見分けられないほどだった。慎重を期して、その夜はケルガンへ戻らない方がよいと判断した。道は悪く、この夜暗《やあん》の深さでは、道に迷ったり、ぬかるみにはまる恐れがあった。

そこで宿屋エキュ・ド・フランスに戻って、夕食を用意させ、忘れずに宿屋の主人にクロード親父の馬を世話するよう頼んだ。それから部屋に閉じこもり、君に手紙を書いた。

疲れてくたくたになっていたので、ようやく横になったが、興奮してぐっすり眠れなかった。

翌朝八時、ロクヌヴィナンからケルガンへ向かう道を、僕は小馬にまたがって全速力で疾駆した。

町の近くでジャン＝マリーに出会うと、少年は僕を認めて喜びの声をあげ、連れていた妹を両腕で抱き上げて、僕にこんにちはの挨拶をするように耳打ちした。

僕は馬から下りて、少年を脇に引き寄せた。

「君はこれから僕と一緒にこの小馬に乗って、館に着いたら、馬をクロード親父のところに連れて帰ってくれ」

少年は僕に従い、一緒に鞍にまたがった。道中、僕は彼に言った。

「ジャン＝マリー、僕はまもなくこの地を離れることになる。君は頼まれた用事にいつも大いなる熱意と知性を見せてくれたから、去る前に記念品をあげよう。しかし、新たな用事を頼まなければならない。これから言うことをよく聞いて、覚えるんだ。今夜九時から深夜十二時まで、君はラヴァンディエールの丘にいるんだ。牛飼いの角笛を持っていって、大きな樅の木の向こうに見える館の窓に明かりが灯ったら、角笛を力いっぱい何度も吹き鳴らしてくれ」

少年は鞍の上で振り返り、目を見開き、ぽかんと口を開けて、僕を見つめた。

「わかっているだろうが、このことは絶対に秘密だよ。誰にも何も言わずに、頼んだ通りにすると約束してくれ」

彼は大笑いした。

「あはは！　おかしなことを思いつきますね！」少年は叫んだ。「でも、あなたのおっしゃることは何でもやると言いました。ですから僕にまかせてください。ユード・リューから、晴れたときなら一里離れていても聞こえる大きな角笛を借りてきます。九時に牛小屋の窓から抜け出して、ラヴァンディエールの囲いのある畑に行って、そこから館を見張ります。目はいいので明かりはしっかり見えますから、心配いりません」

僕らは栗の並木道の端に着いた。

僕は馬から下りて、ジャン＝マリーを地面に下ろした。

「さあ、これはクロード親父に渡す馬の借り賃で、こちらは君が取っておきなさい。さっき頼んだことを上手くやり遂げたら、ご褒美に銀貨を十枚あげよう」

少年はびっくりして、しきりに感謝したり献身を誓っていたが、僕は館へと入っていった。

10

ロクヌヴィナン　日曜日
ロクヌヴィナン第一審裁判所　予審判事執務室

昨夜はひどい嵐だった。風が激しく吹き荒れ、嵐に舞う雪片が窓から吹き込んで顔に当たった。

夜の七時に僕は監視についた。

目が暗闇に慣れると、雪と暗闇の帳《とばり》を通して、庭の鉄格子の門が見えるようになった。

ジャッコが不穏な唸り声をあげながら、館の周りをうろついていた。幸い、台所から大きな肉の塊を調達しておいたので、熊の苛立ちを鎮めるために肉塊を投げてやった。

時間はゆっくりと過ぎていった。一分一分がまるで一世紀にも感じられた。僕は恐ろしい不安に苛まれ始めた。

僕は悪党を捕まえるために考案した計画を頭の中でおさらいした。計画の不備がいくつも見つかった。計画が失敗に終わり、殺人犯がまたしても裁きから逃げてしまうのではないかと危惧した！

もしあの男が戻ってこなかったら……。もしこの旅が、あの男が追跡の対象になっていることを知っていて、それを攪乱するための巧妙な計略だったとしたら……。

もしかしたら、レンヌへ向かったのではなく、ブレスト（フランス西端の港町）へ向かったのかもしれない。もしかしたら、逮捕するためにこの隠れ家で僕がこうして待っている間に、あの男は船で大西洋を越えて逃亡しているのかもしれない！

このような考えが絶えず頭に浮かんできて、待っている時間がさらに長くて辛いものになっていった。

十時の鐘が鳴った。

突然、濃い暗闇の中を、揺らめく微かな明かりがゆっくりと進み、庭の雪の上に光の筋を描き始めた。

僕は窓から身を乗り出して、目を凝らして見つめていた。明かりは消えた。

「錯覚だったのか」と僕は思った。

そして落胆のため息をついた。

それでも僕は、光の筋が消えたところから目を離さなかった。

そこは暗闇がひときわ濃いように思えた。雪の上に大きな黒い染みが見えた。

やがて、染みは二つに分かれた。

「共犯者がいるのか」僕は独りつぶやいた。「万事休すだ！」

長い唸り声が聞こえたので、僕はほっとした。

共犯者……それはジャッコで、主人に敬意を表しに来たのだ。

事実、すぐに角灯の鈍い明かりが歩みを再開した。

明かりは中庭の扉を通り抜けて、熊の檻のある暗い一角へと向かった。

「命令が実行されているか確かめようとしているのだな」と僕は思った。「ジャッコが本当に三日間餌を与えられていなかったか確かめようと」

結局、明かりは相変わらずゆっくりと慎重に館へ向かって進み、館の扉はほとんど聞こえない微かな音を立てて閉まった。

そこで僕は、寝台の帳の後ろに隠しておいたランプを手に取り、窓の外に腕を伸ばして三回持ち上げた。

数分間待った。心臓が胸を破りそうなほど激しく打った。

「ジャン＝マリーが持ち場にいてくれたらよいのだが」と独りつぶやきながら、僕は再び信号を送った。

悲しげな音が嵐の喧騒のただ中に鳴り響いた。それはラヴァンディエールの畑の方角からだった。

鈍くて間延びした音はさらに四回聞こえた。

そのとき、館から約一里離れたところで天空に光の筋を描く赤い火矢が、僕のいる高い監視場所から見えた。これは予審判事と取り決めておいた合図で、彼はロカールの宿屋で時が満ちるのを待っていた。

僕は窓を閉めて、ランプを消した。

しかしながら、あれが本当に館に戻ってきた悪党であることを確かめたかった。

主人の部屋から何か物音がしていないか確認するために、僕は自室を出て、手探りで壁に沿って進んでいった。

廊下の端まで来て、階段に足をかけたそのとき、扉を閉める音が二階から聞こえ、それと同時に、ゆっくりと不揃いな足音が夜のしじまに響いた。

運よく、用心して靴を脱いでいたので、物音を立てることなく自室に戻ることができた。

僕は寝台に潜り込み、毛布を顎まで引っ張り上げて、眠っているふりをした。

およそ一分後、夜中に歩き回る者は僕の寝室の前を立ち止まることなく通り過ぎた。そして、共犯者の部屋の扉をそっと開けた。

しばらくして、そいつは死んだ女の部屋から戻ってきた。

そいつは僕の寝室の鍵穴にそっと鍵を差し込み、扉を開けると、寝台のところまでやって来た。角灯の微かな明かりが、僕の閉じたまぶたの上をよぎるのを感じた。

そいつはしばらく僕の部屋の中を歩き回り、綿密に室内を捜索しているらしかった。

やがて扉の閉まる音がして、あいつが部屋から出て行ったのだと思った。ところが、耳を澄ましていたにもかかわらず、廊下から足音は聞こえなかった。

深い静寂が支配し、それを破るのは強風の吹きすさぶ音だけだった。

あいつが気まぐれを起こして戻ってくるのではないかとびくびくしながら、僕はそのまま横になっていた。

突然、毛布の中に手が入ってきて、万力で締めつけるように右足を摑まれ、同時に踵に刺すような鋭い痛みを感じた。

僕は大きな悲鳴をあげて気を失った。

11

この予期せぬ出来事によって引き起こされた失神は、僕を二時間にわたって苛んだ神経性の興奮で説明できるが、これがぼくの命を救ってくれた。

というのも、殺人者は僕が蒼ざめて動かなくなったのを見て、死んだものと思い込んで寝室から立ち去ったからだ。

意識を取り戻して最初にとった行動は、扉に駆け寄って、しっかりとバリケードを築くことだった。

それから踵に受けた小さな傷を調べた。血がわずかに流れて、茶色い液体と混ざっていたが、これは僕が恐るべきクラーレと入れ替えておいた煤で作った無害な混合物だった。

そして僕は二丁の拳銃をポケットに忍ばせて武装した。もし殺人者が戻ってきたら、たとえドノー氏から恐るべき悪党を生け捕りにする功績を奪うことになろうとも、あいつの脳天を撃ち抜いてやろうと僕は固く決意していた。

懐中時計は十一時を指していた。合図をしてからすでに一時間が経っていた。殺人者と、そいつが葬ったと信じている者との間で決定的な戦いが始まるときが近づいていた。焦るあまり僕は身震いした。どうやらドノー氏の到着がかなり遅れているようだった。

僕は細心の注意を払って窓を開け、暴風雨の喧騒のただ中に、予審判事とその部下たちが到着していることを知らせる合図が聞こえないかと耳をそばだてた。

十五分が経過した。

ようやく風の勢いが衰え始めたとき、穏やかな長い笛のような音が聞こえたが、最初は嵐の終わりを告げるため息かと思った。

しかし、笛の音は三度四度と繰り返されるたびに強くなった。それは養魚池のある庭の方から聞こえた。もはや疑う余地はない。ドノー氏と部下たちが到着したのだ！

寝台のシーツを引きはがし、丈夫なロープをこしらえるために素早くよじった。

この急ごしらえのロープを窓際の鉄棒にくくりつけ、樅の木の長い枝に手が届くまで、僕は壁を伝って滑り降りた。

枝にしがみつき、可能な限り近い幹にシーツのもう一方の端をしっかりとくくりつけた。こうして樅の木と窓の間に吊り橋を架けた。

それから僕は木を滑り降りて、大急ぎで庭の塀に向かった。

途中で恐ろしい唸り声に足を止めた。それはジャッコで、低木の茂みの下で横たわっていたが、僕が近づくと起き上がり、行く手を阻もうとやって来た。

僕はジャッコをおとなしくさせるために優しく声をかけようとした。しかし、眠りを覚まされた熊は機嫌が悪く、僕のなだめる声に対して、後ろ脚で立ち上がり、死の抱擁で締めつけようと、僕に向かって近づいてきた。

　僕の胸まであと半メートルのところで、僕は素早く額のふさふさした毛並みに手を伸ばし、耳につないである輪を摑んだ。

　熊は怒りを押し殺した唸り声をあげ、どさりと四つ這いになって、地面に横になった。

　そのとき僕は、実に驚くべきやり方でジャッコを調教した殺人者に大いに感謝した。

　熊は羊よりもおとなしくなった。ジャッコの耳の輪にベルトを通して、それを低木の根元にしっかりとくくりつけた。

　ジャッコは再び諦めのため息のような小さな唸り声をあげて、雪の中に長々と横たわった。

　それから僕は急いで庭の塀へ向かった。塀には石が剝落してできたくぼみがあり、僕は上までよじ登ることができた。

「いますか?」僕は声をひそめて訊ねた。

「はい」若い予審判事とわかる声が答えた。「入れますか?」

「一瞬も無駄にはできません。さあ、早く!」

　一分後、予審判事と随行した五人の憲兵は塀を乗り越えて、養魚池のそばに集合した。

「すべて順調です」全員が揃ったところで僕は言った。「物音を立てないで、身を伏せながら、私についてきてください」

　僕らは館の側景が見えるところまで、塀に沿って進んだ。

　それから館の最も近い角に向かって真っ直ぐに進んだ。

こうすれば、正面の窓から気づかれることはなかった。

次に僕らは、大きな樅の木の根元まで外壁に沿って進んだ。そこで足を止めて、小声で話し合った。

僕がこの小隊の斥候を務めることで合意し、僕が最初に登り、それから予審判事と勇敢な憲兵たちが後に続いた。この危険な企てのために、彼らはサーベルをはずし、拳銃のみを携行した。

僕らは極めてゆっくりと細心の注意を払いながら木を登った。

殺人者の部屋の窓に面した二階の高さまで到達したとき、不意にその窓が開いた。

男はドレッシング・ガウンを着て、頭にスカーフを巻いた格好で現れて、平然とパイプをふかしながらバルコニーの手すりに肘をついた。

男の顔は僕から一メートルと離れていなかった。僕は木の幹の後ろに隠れたが、運よく枝が生い茂っていた。

雷雨はやんでいた。激しい風の後の厳かな静寂が訪れていた。

もしこのとき、僕らの一人でも疲労に負けてしがみついていた枝から手を放したら、僕らの企ては万事休すとなっていたであろう。

そよ風で窓のカーテンがまくれた。卓上に灯る蠟燭の明かりで、いくつもの解剖器具と灰色の小さな砥石が見えた。

ウィクソン医師は何かを解剖するための準備をしていたが、僕はすぐに、その実験のために選ばれた二つの対象が何なのか察しがついた。

重要な仕事に専心するために必要な心の落ち着きを取り戻すべく、最後の一服をふかし終えると、男はバルコニーの手すりの上でパイプの灰を落としてから、窓を閉めた。

僕は木登りを再開し、五分後には僕が架けた空中橋にたどり着いた。結び目を注意深く調べて、六名の連れが渡れるくらいしっかりしていることを確かめてから、その橋を渡った。

「やれやれ！」僕の後から部屋に飛び込んできた予審判事が言った。「危ないところでしたね」

若い司法官の目は喜びに輝いていた。この仕事にはどこか常軌を逸したところと騎士道的なところがあり、彼を大いに魅了しているようであった。

憲兵たちは僕らを囲むように輪になり、僕は彼らの角灯に火をつけて、明かりを自分の胸の方へ向けるように指示した。

この指示は無駄ではなかった。というのも、すぐに廊下から殺人犯の足音が鳴り響いてきたからだ。男はもはや敷石の上で大きな靴がたてる足音を抑える用心もしなかった。

僕は予審判事の腕に手を置いた。彼の心臓は激しく脈打っていたが、表情はいつもと変わらず毅然とした勇気を示していた。

「奴は自ら罠に飛び込んできますよ」僕は小声で言った。「隠れ場へと追い込む必要もないでしょう」

しかし高名な医師は、僕の部屋に入らずに扉の前を通り過ぎて、相変わらず足を引きずりながら共犯者の部屋へと向かった。

そこで、僕はすぐに扉をふさいでいたバリケードを片づけ、物音を立てないようにして廊下に出た。

僕は憲兵たちを二列に並ばせた。こうして廊下をふさいで、ドノー氏と僕が先頭に立った。

突然、絹を裂くような恐ろしい悲鳴があの女の部屋から響き渡った。慌ただしい足音がして、目を血走らせて両腕を広げた殺人者が逃げ出してきて、その後ろから、胸を裂かれて血まみれになった長身の女が現れたが、それが誰なのか僕にはすぐにわかった。

「止まれ！」ドノー氏が大声で叫んだ。

ブーレ・ルージュはびくっとして、はたと立ち止まった。

僕らが角灯の明かりを男に向けると、彼の姿が明々と照らし出された。

しかしながら、男はイヴォンヌの復活による動揺から早くも立ち直っていた。彼は腕を組み、その目にはわずかな恐怖も窺えなかった。

彼はこの人垣を突破し、力ずくで逃れられるかどうか自問しているらしかった。

しかし、明らかに形勢は不利であると判断したのだろう。僕らに数歩近づき、僕の方を向いた。

「さて！」彼は皮肉をこめて言った。「今日は復活の日だ。わしの負けだ、警視庁どの、わしは償いをしなければなるまい！」

彼はうわべだけの礼儀正しさで、大きな手を僕に向かって差し出し、もう片方の手で灰色のかつらをはずした。そして背筋をぴんと伸ばしながら、落ち着いた高慢な目で僕らを眺めた。

男は四十五歳くらいで、縮れた黒髪に厳めしい顔をしており、運動選手のような見事な体格をしていた。

彼は手錠をかけられたが、まったく抵抗しなかった。

そうしている間に、瀕死の女が男のところまで苦しげによろめきながら近づき、男の肩にかじりついた。

「人殺し！　人殺し！」女は狂気に駆られた錯乱状態で叫んでいた……。

恐ろしい光景だった。

「この女を追っ払ってくれ！」ブーレ・ルージュはかじりつく女を振り払おうと肩を揺すりながら、押し殺した声で言った。

僕は憲兵二人に、イヴォンヌを取り押さえて、慎重に寝台へ連れて行くように指示した。

僕は憲兵たちの後から寝室に入った。寝台は乱れて、毛布は床に落ちていた。床の上で鋼の刃が光っていた。解剖用のメスだった。

病人を寝台の上に寝かせると、傷を調べるために近づいた。

メスはそれほど深く胸に切り込まれてはいなかった。しかしその痛みは、三日間もの強硬症の眠りからイヴォンヌを目覚めさせるほど激しいものだった。

僕はその傷口を洗い、冷水に浸した湿布を当てた。

病人の脈はかなり落ち着いていた。興奮と精神錯乱を経て、今では衰弱状態に陥っていた。

予審判事のもとに戻ると、あの悪党が十年間暮らしていた寝室の捜索を進めているところだった。

この寝室はとても広々としていて、くすんだ色のつづれ織りが一面にかけられていた。奥には正方形の大きな寝台があり、寝台の下にある大きな旅行用トランクには変装用の衣装やかつらが入っていて、その中にはウィクソン医師の赤髪もあった。

この奇妙な人物は大きな革張りの安楽椅子に深々と腰かけ、優雅なしぐさで、自分を取り囲んでいる憲兵たちに隣に腰かけるようにと勧めた。

ドノー氏が訊いた質問のすべてに、彼は頑強な黙秘で応じた。

予審判事は、どこに隠れ場があるのかを男に示すようにと、僕に求めた。僕はつづれ織りをまくり上げて、壁掛けの下に隠されていたオーク材のずっしりした扉を示した。被疑者がこの扉の鍵を渡すのを拒んだため、司法官は蝶番を力づくで引きはがすように命じた。

憲兵たちが頑丈な肩で体当たりして扉が外れると、皆で殺人者の穴倉へ入っていった。

僕は取り外しできるタイルを持ち上げて、すでに君に述べた、いろいろな物の入っている大きな革袋を取り出した。

そこにはクラーレのケースと解剖器具入れがなかった。次にドノー氏は、骸骨を部屋の真ん中に運んでくるように命じた。そしてブーレ・ルージュの方を向いた。

「そろそろ私の質問に答えたらどうだ?」彼は苛立って言った。「この骸骨はいつからこの穴倉にあるんだ?」

悪党は頭を上げた。

「お話ししよう」彼は答えた。「この骸骨はブレア＝ケルガン氏だ。わしがこの手で解剖して製作したもので、ジャッコはご馳走にありつけた。針金は一本も使わず、靭帯はすべて本物だ!

そう！　これは解剖学上素晴らしい労作なのだ！」

　彼は一息ついてから、僕の方を向いた。

「わしのこの自白に驚いたかね、警視庁どの？　君たちは一語一語言葉を引き出さなくてはならない者を相手にするのに慣れている。よろしい、これからは君の質問にすべて答えよう。君の求めるあらゆる証拠や詳細についても教えよう……。わしは覚悟を決めた。もう隠すことは何もないし、わしのやってきたことへの当然の報いだからな……。それにわしは人生にうんざりしてしまった！　親父はいつも、わしが処刑台の上で死ぬことになるだろうと言っていた。まったくその通りだ！　どこでも大した違いはない！　拍手喝采を浴びながら舞台の上で死ぬのは、寝台の上で死ぬほどありふれたことではない。どうやって、わしがここに入り込み、それから弟の財産を相続しにパリへ行き、その遺体から砒素を検出させ、ブレアン伯爵夫人の屋敷で君とエカルテ（二人で対戦するトランプ遊び）の勝負をする栄誉に浴したのか、その手口を知りたいかね？　どうぞ質問したまえ、答えて進ぜよう！……だが、もし警視庁が若い腕利きを派遣しなければ、わしがなかなか巧妙に立ち回り、世界一優雅な暮らしを送れたことは認めるだろう！」

　彼は立ち上がって、大袈裟な科白《せりふ》を滔々と述べたので、その大風呂敷ぶりにウィクソン医師を思い出した。

　それから予審判事は僕に、犯罪の起きた部屋へ案内するように求めた。僕はすぐに彼をそこへ連れて行った。ブーレ・ルージュは五人の憲兵に厳重に護送されて、後からついて来た。僕はイヴォンヌの手からこの部屋の鍵を取り戻していた。扉を開けたとき、十年の歳月を経ていたにもかかわらず、その部屋は殺人が起きた夜のままであるのを見て、殺人者は身震いせずにはいられなかった。その目は動揺していた。男はつぶやいた。

「あの女はすべてを元通りに片づけて、鍵はなくしたと言っていたのに」

「確かにここですね?」ドノー氏が訊ねた。「あなたがブレア=ケルガン氏を殺害したのは」

ブーレ・ルージュは答えずに、観念してうなずくだけだった。

12

ロクヌヴィナン　月曜日

昨日の朝六時に僕らはケルガン館を出発した。ドノー氏が、ロカール村の善良な住民の好奇心を刺激しないために、夜明け前にロクヌヴィナンに到着することを望んだからだ。

通りに出るために庭を横切るとき、一晩中つながれていた木の下で低い呻き声をあげているジャッコと出会った。動けば耳が裂けてしまうため、身動きできなかったのだ。その哀れな姿はブーレ・ルージュをほろりとさせたらしい。

囚人は自分を護送している憲兵に、旧友に別れを告げるため、ちょっと止まるように頼んだ。

「さらばだ、哀れなジャッコ」熊を木につなぎ止めていたベルトをはずしながら、彼は言った。「さらばだ、哀れな友よ！……お前の主人はよい相棒ではなかったな。お前はどうしたいんだ？いつかは終わりが訪れるものだし、こうなるのが至極当然だったのだ！……お前には理解できないだろうな。だって、理性を持った生物に生まれる幸運に恵まれなかったからな。わしはいずれ首を刎ねられる。わしが処刑台に登っているときに、お前はどこかの見世物小屋で見物人を楽しませていることだろう。よく世話をされ、しっかり餌を与えられ、お菓子も与えられるかもしれない！……理性を持った生物でないことが、どれほど幸福なのかわかるだろうよ！」

僕も立ち止まって、手をポケットに入れ、この心打つ情景を眺めていたが、ドノー氏は憲兵たちの馬と馬車が準備ができているかを確かめるために先を行った。

ブーレ・ルージュは周囲をさっと見回すと、ずっと雪の中で横たわっていたジャッコの方に身を乗り出し、鋼の手錠をかけられた両拳を素早く振り上げ、熊の背中に凄まじい一撃を叩きつけながら叫んだ。

「かかれ、ジャッコ！　わしの仇を討て！」

熊は苦痛の叫び声をあげて、目をぎらぎらと不吉に輝かせた。そして後ろ脚で立ち上がり、僕に襲いかかってきた。

僕は運よくこのとき拳銃を握っていた。ポケットから拳銃を素早く取り出して、猛獣が恐るべき腕で僕を掴もうとした瞬間、至近距離から分厚い毛皮に向けて発砲した。

ジャッコは地面にひっくり返り、叫び声一つあげることなく倒れた。

ブーレ・ルージュはおぞましい罵り言葉を叫びながら立ち上がると、早足で再び歩き始めた。

二発の銃声を聞きつけて、ドノー氏が戻ってきた。彼は僕のもとへ駆けつけて、けがをしていないか心配そうに訊ねた。僕は答える代わりに、熊の死骸を指さした。

勇敢な憲兵たちはこの急速な展開に啞然とするあまり、囚人に対する寛大な態度が予審判事からの厳しい叱責の原因となったことが理解できていなかった。

庭の門には憲兵の馬と、ドノー氏を乗せてきた馬車があった。

司法官は馬車に僕を連れて乗り込んだ。囚人を五人の憲兵の間に座らせた。ブーレ・ルージュの腕の下に通した縄が二頭の丈夫な馬の鞍にしっかり結びつけられ、もし男が逃げようとしたら、発砲するよう憲兵たちは命じられた。

小隊は歩く速度で進んだが、ドノー氏と僕は乗り心地の悪いカブリオレ馬車に乗って先頭を行った。

村の最初の家々に差しかかったとき、僕は予審判事に馬車を止めるよう頼んだ。

ジャン＝マリー少年の住んでいるみすぼらしい藁葺き屋根のあばら家の前で馬車を降りた。そしてネクタイの中にしまっておいた金貨数枚を、扉の隙間の一つから滑り込ませた。

こうして、僕の困難な企てに聡明で献身的な手助けしてくれた貧しい少年に謝礼を済ませた後、僕は再び予審判事の隣に座った。道すがらずっと彼はこの重大な逮捕について話し続け、今回の思いがけない成功で上司からもたらされる恩恵を並べあげた。

二時間後、僕らはロクヌヴィナンに着いた。

僕は宿屋エキュ・ド・フランスで馬車を降りた。ドノー氏に別れの挨拶をするとき、囚人が到着したら知らせてほしい、尋問する際には立ち合いを認めてほしいと頼んだ。

予審判事は、僕に満足してもらえるのは大きな喜びだと確約してくれた。

「もっとも」彼は言い添えた。「私たちはしばらく休息をとることができます。というのも、被疑者が町の牢獄に連行されるのは二時間後ですし、審問が終わるまで尋問することはできませんから、そうすると午後一時頃になります」

彼は僕に別れを告げて、裁判所へ赴いた。僕は安楽椅子に身を投げ出し、疲れきっていたため、たちまち深い眠りに落ちた。

13

扉が何度もノックされ、僕は眠りの世界から連れ戻された。審問が終わり、望み通りに、ブーレ・ルージュの尋問に立ち会うことを承諾してくれた予審判事の代理が迎えに来たのだ。

司法官の執務室では、すでに尋問が始まっていた。ドノー氏は、駆け出しの経歴にまばゆい輝きをもたらすであろう、この重大事件の予審をできるだけ速やかに終わらせたくて待ちきれなかったのだ。

二人の憲兵が予審判事の執務室へ通じる廊下に待機していた。さらに二人の憲兵が司法官の机の前で被疑者を監視していた。ブーレ・ルージュの非凡なたくましさと抜け目なさから、このような並はずれた警戒をすることになったのだ。

僕が執務室に入ると、ドノー氏は手を振って親しげに挨拶をした。被疑者は厳かに立ち上がって、僕の方を向いた。

「あんたには深くお詫びをしなくてはならない、ムッシュ」この男の性格を顕著に示す、例の気取った慇懃さで言った。「わしは最初、あんたが警視庁の手先だと思っていた。人が猛獣狩りを楽しみとするように、あんたは人間を狩ることを喜びとするアマチュアであると知ったところだ。

そのことを知って以来、あんたはわしの知る限り最も非凡な男だとわかり、あんたをジャッコの餌食にしようと考えたことを心から悔いている……。哀れなジャッコ！……ああ！　わしを捕まえるのは容易くはなかったろう。腕利きたちが失敗した……というのに、さらに二十人も送り込んできたのだからな！」

この演説に苛立ち始めた予審判事は被疑者の話を遮り、好奇心をそそられる新事実が期待される尋問にさっさと入りたがっていた。

予審判事はブーレ・ルージュに着席するよう命じた。

「お前は司法警察に」予審判事は言った。「自分のなした犯罪について包み隠さずに話し、共犯者の名前をすべて白状すると約束した。その気持ちは今でも変わっていないな？」

「失礼ですが、予審判事どの」被疑者は平然として答えた。「わしは自分の生涯について話すことは約束した、それは確かだ。あんたらがわしの共犯者と呼ぶ者については、その名前を列挙することは極めて難しい。なぜなら、それらをすべて思い出す記憶力があったとしても、直接的にせよ間接的にせよ、わしの企てに協力した者をすべて収容できるほど広い刑務所や徒刑場はないからだ。

わしの共犯者の一覧表は、わしがカイエンヌ（南米仏領ギアナの首都）の獄を脱走して以来、親交を結ぶ栄誉に浴したインド総督に始まり、このムッシュとエカルテの勝負をする栄誉に浴したサロンにお招きいただいたブレアン伯爵夫人で終わるだろう。

それゆえ、わしの生涯の主なエピソードを手短に語るに留めよう。その最も際立った特徴についてだけを申し上げる。というのも、わしは獄中生活の間に刊行する予定の回想録に詳細を記述するつもりだからだ……もう一度脱走する気を起こさない限りはな。

質問する手間を省いて差し上げよう」明らかに長い演説を好む被疑者は続けた――このことは、寡黙なブレア・ケルガンを完璧に演じる際に、どれほどの巧みさを求められたかを示していた。「まず最初の数年間について素早く概略を述べてから、この事件であんたらが最も興味を惹くであろうこと、すなわちわしがケルガン爺さんの館に入り込み、その弟の遺言書を探しにパリへ出かけた顚末について述べよう」

こう前置きしてから、被疑者は長大な話を始め、それは夜七時まで続いた。

僕はすべてを詳細にわたって報告したりはしない。裁判になったらきっと新聞が報道するだろうし、そこではこの男が司法警察の手に落ちることなく、数多くの極悪な犯罪をやり遂げるために、いかに大胆不敵で冷静であったかがわかるだろう。

彼が失敗するきっかけはいつも、解剖学への愛であることが判明した。

二十五歳のとき、彼は殺人罪でカイエンヌへ送られた。逮捕されたとき、彼に不利な証拠は取るに足らないもので、彼に有利な免訴の決定が下されようとしたが、そのときに彼の部屋から極めて巧みに解剖された被害者の腕が発見されたのだ。

今回の事件では、おそらく彼は命をもって償うことになるだろうが、もし僕が穴倉の暗がりでブレア＝ケルガン氏の骸骨を発見しなかったら、あそこを捜索しようとは考えなかっただろう。あの革袋も見つけられなかったはずだ。金曜日の夜に踵に受けた傷は致命傷になっただろう……

その結果、彼は確実に罰を受けることもなかった。

彼のように抜け目のない男が、被害者の骸骨という恐るべき証拠物件を保存しておいたことに、予審判事は驚きを表した。

「ああ！　いったい、どうしろとおっしゃるのか？」彼は答えた。「わしはたびたび処分しなくてはと考えた……。一度など、水底に沈めようと養魚池まで運んだこともある……。だが、それはわしに似つかわしくない弱さ、臆病さだと思った……。それに、素晴らしく見事な出来栄えなのだ！……これは真の芸術作品で、鑑賞するのが喜びだった。手放すことなど考えられなかった！　これはまた、警察の追求から逃れただけでなく、野獣のように追い立てられ、首に懸賞金のかけられた悪党なのに、封建領主の館に収まって、そこで貴族然として暮らしていたこのわしにとって、警察から勝ち取った輝かしい勝利のトロフィーでもあったのだ！」

続いて、警察の執拗な追求から十年間いかにして逃れられたのかを語った。カイエンヌから脱走した後、隠れ住んでいたインドで習得した医学の知識によって、十年間で二度にわたってウィクソン医師の役を演じ、そしてパリのあらゆるサロンの扉が開かれ、警察の追求を逸らすことができたと語った。

まったく驚くべき才能に恵まれた男で、抜け目のなさに勝る大胆不敵さと冷静さを兼ね備えていた。というのも――すでに彼について知っていることからも判断できるだろうが――あらゆる状況において、彼は大胆さほどには狡賢くないことを示していた。

彼は語りの才能に恵まれ、自分の言葉のいきいきとした比喩に富んだ表現を好んでいた。

僕らは、パリのサロンで遠方への旅から帰ってきた旅行家から類まれな魅力ある物語を聴くように、彼の話に耳を傾けた。彼は自らの犯罪を誠心誠意を込めて語り、まるで自慢しているようだった。

警護する憲兵がおらず、手錠がかけられていなければ、海外での冒険と長く危険に満ちた波瀾万丈の旅について語るために立ち寄った友人の一人だと思われたかもしれない。死刑を求刑されて、その首が処刑台にかけられることが約束された被告人にはとうてい見えなかった。

この奇妙で強烈な人格が僕の関心を極度に惹きつけ、哀れなゲランの命が救われるのが確実となった今では、ブーレ・ルージュが死刑を免れることを願いたくなっていた。この筋金入りの男が、ありふれた殺人犯としてギロチンの刃の露となって消えるのは、まったく残念なことだ！

彼の調書から、いつの日か《ブレア＝ルノワール事件》と呼ばれるであろう事件に直接関わる事実を抜粋して、簡潔な要約を君に大急ぎで送ろう。

ブレア＝ケルガン氏の殺害に関する彼の自白は、イヴォンヌが暴露したことをすべて裏づけた。

これについて、木曜日の夜、どうして共犯者に館を出てレンヌへ逃れるよう説得したのか、そして拒まれると、どうして彼女を殺そうと決心したのか、彼に訊ねた。

「ああ！」彼は答えた。「あんたがわしについて来たのは、わしの行動をスパイして、秘密を探り出すためではないかと気づいていた。ただし、あんたを恐れてはいなかった。それに、あんたはあの老いぼれの爺さんから何も情報を引き出せないと確信していたし、しかもあの爺さんはわしのことをずっと本物の貴族で主人だと信じていたから、あんたには何も教えることはないと思ったのだ。

しかし、イヴォンヌのことは心配だった。知っての通り、女というものは後悔しやすいし、ヒステリーを起こしやすい。もしあの女が館にいることを知られたら――その後の展開はわしの懸念を裏づけた――あんたはあの女に白状させるだろう。だからわしはあの女をレンヌへ行かせようとしたが、拒まれたので殺そうと思ったのだ」

「それではなぜ、僕が何者かを見破ったのならば、イヴォンヌに対してやったように、僕を片づけなかったのです？」

「これから話すところだ。あんたがパリでわしの前に現れたとき、わしはあんたを本当に田舎者で、無害な愚か者だと思った。あんたの変装は見事だった。喜んであんたを雇い入れたが、それは故人の部屋の荷物を整理しなくてはならなかったからだ。わしはその仕事を執事のプロスペルに任せたくなかった。口が軽くて好奇心が強すぎるからだ。そのうえ、その二日前にユニヴェルシテ通りで出会った若い外交官のせいで腰をひどく痛めてしまい、わしは屈むことができなかった。

そこでわしはあんたを雇い、パリを離れるときに、あんたを家に帰すつもりだった。

ところが、わしはブレアン夫人の夜会であんたの姿を認めたのだ……そう……あんたがわしの正面の席に座ったとき……目を見てすぐにわかった、その奇妙な輝きには覚えがあった……あの晩は本当に恐ろしかった。あまりにも恐ろしくて、わしはこれほど注意深く観察されていると知り、あんたの長い指がカードを一枚ずつ数えるのを見て……ほとんど恐怖に怯えていた！　そう、わしが恐怖に怯えたのだよ、このブーレ・ルージュがだ！　そして、もはやいかさまを挑む勇気もなかった！……王室検事のド・リベラク氏の鼻先でいかさまをやるのも恐れなかった、このわしがだ！

あのとき、わしは強敵を相手にしていることを悟って、あんたの追跡をかわすために大胆な計画を考えたが、もしかしたら大胆すぎたかもしれない。というのも、この状況を予想すべきだったからだ。わしはあんたを一緒にブルターニュへ連れて行き、わしを破滅させることに熱中している恐ろしい敵であると確信するまで、片時も目を離すまいと決心した。あんたの変装は完璧だったが、わしに憲兵の三角帽が似合わないように、あんたには使用人の服装が似合わないことを証明する、諸々の細かい事実から確信をすぐに得ることができた。

わしはあんたを警視庁の手先だと思っていた。これがわしの敗因だ。ジェリュザラン通り（当時のパリ警視庁の所在地）の雇われ者がこれほどの大胆さと巧妙さを示せるはずがないと、自分に言い聞かせるべきだった。その敏腕ぶりがあまりに見事だったので、こちらに着いたら、警察が支払う報酬の千倍の金額を提示して、あんたを買収する計画を立てた。こうして、あんたを片時も離さず、わしの構想に引き込み、そしてわしが計画し、相続した財産を受け取り次第、実行に移す予定の壮大な企てに、あんたを使おうと思ったのだ。この企てのためにはあんたのような男が必要だったのだ。これがわしの計画だった。あんたにわしの財産を分け与えたかった……あんたには共感のようなものを感じていた……それに、結局のところ、あんたはわしの手中にあり、少しでも危険を感じたら始末することができると考えていた。

このような状況のときに、公証人のベルトー氏から手紙を受け取り、遺産相続の件を解決するためにレンヌへ呼び出された。あんたに見張られていないときに、わしは大急ぎで出発した。イヴ爺さんには、少し具合が悪くて部屋に閉じこもっていると言って、わしの留守を知られないように命じた。どうやってあの白痴にしゃべらせたんだ？　わしにはさっぱりわからん……。レンヌから戻って最初に向かったのは、あんたもご存知の穴倉だ。赤い敷石の上にわしのではない足跡が見えた。わしは怒りと驚きに飛び上がり、あんたを殺そうと決意した。ああ！　あんたは針をこそぎ、クラーレの代わりに何か甘草の汁のようなものを塗っておくという才能を、またしても発揮したのだ！

もし容器を持ち去っただけなら、あんたはおしまいだった。お気に入りの武器が使えないなら、わしは短刀を使っただろうから、あんたの受けた傷は軽い刺し傷では済まなかっただろう！」

14

「ところで、君は司法警察に証言しなくてはならない」ドノー氏が話を遮った。「どうしてブレア＝ルノワール氏の殺害を思いついたのか、またどうやって犯行を実行したのか」

「話は簡単だ」被疑者はいつもの冷静さで答えた。「わしは故ブレア＝ケルガンの書類から、パリに大変裕福な弟がいることを知り、兄弟の関係がいかに険悪なものかを示す激しいやり取りの手紙を何通か最近見つけた。そのうちの一通には、ブレア＝ルノワール氏がこのブルターニュ人への相続権剝奪を決意したと述べられていた。しかし、その書類や手紙を見つけたのはほんの三か月前だった。それまでずっと、わしがなりすました男には血縁はいないと思い込んでいた。わしはこの書類を求めて九年間も館の隅々まで探していた。そしてついに、甲冑室にあるヴェネチアの大鏡の後ろから見つけたのだ。

すぐに心は決まった。すでに述べた、あんたにも協力してもらいたかった大計画に着手するために数百万の金が必要になったため、そのときには相続権剝奪の件がますます心配になっていた。

わしがなりすました男から遺産相続権を剝奪する遺言書を探し出すために、わしはパリへ出発した。遺言書さえ隠滅してしまえば、わしは難なく遺産を相続できる。わしは驚くほど状況に恵まれていた。というのも、あのケルガンの爺さんは決して館から外に出なかったからだ。彼の顔は誰も知らなかった。そこで易々とあの男になりすますことができた。そのうえわしは、あんたと同じく、つねに変装の技術を磨いていた。身長は故人とほぼ同じくらいだった。ぼさぼさに乱れた白髪まじりのかつらや、無骨な顔は容易く真似ができたし、それに一言も話さなかったので、声を真似るまでもなかった。

パリに到着すると、八日間ほどかけてブレア=ルノワール氏の住まいの状況と習慣を調べた。彼は事業から引退していたものの、気晴らしのために毎日二時から四時まで証券取引所へ出かけていた。

わしは証券取引所の伝令の制服を購入すると、留め針できれいに整えた新聞を小脇に抱え、かなりかさばる小包をこしらえて、三時ごろに屋敷の門に姿を現した。

プロスペル氏が外出しているときを利用して屋敷を訪ねたのは、小柄なあの執事を警戒していたからだ。

屋敷にはゲランしかおらず、ポケットに手を突っ込んで戸口をぶらぶらしていた。

『ブレア=ルノワール氏のお宅ですか?』わしは訊ねた。

『ご主人さまはお留守です』素朴な田舎者は深々とお辞儀をしながら答えた。

『お留守なのは存じております』わしは笑いながら続けた。『ここがあの方のお屋敷かとお訊ねしただけです。私をよこしたのはあの方ご自身なのですから。証券取引所広場の角で……ほら、酒屋の隣の……用事を仰せつかって、この小包を寝室の暖炉の上に届けるように頼まれたのです。

あの方のお部屋をお教えいただけませんか？……この小包は重いですし、証券取引所広場からカセット街までは遠いですからね』

ゲランはわしと一緒に階段を上り、彼が持っている鍵で、主人の住居へ通してくれた。

わしは見せかけの小包を暖炉の上に置いた。

『あっ！』わしは不意に振り返り、突然何かを思い出したかのように上着のポケットを探りながら言った。『この手紙はご主人からあなたに手渡すよう言われました。一刻も早くこの住所に届けるようにと託されたのです……とても急を要するようでした……。さあ、急いで……。大変な回り道になってしまいますから、私が代わりに届けるわけにもまいりません……。さあ、急いで……ブレア＝ルノワール氏に怒られますよ！』

わしが肩を押すと、彼は階段をひとっ飛びで駆け下りていった。

わしはまず窓辺へ行って、危急の際にはそこから逃げられるかどうか確認した。しかし窓には堅牢な鉄格子がはめられていた。これを最後の手段として当てにすることはできなかった。

次に、小包の包装紙に見せかけた紙を手で皺くちゃにして暖炉の中に投げ入れると、寝台の下に横たわり、好機が来るのを待った。

ブレア＝ルノワール氏は九時に寝台に入った。禁じられていたのに彼の寝室に入ったと、ゲランが叱られていた。ゲランはたどたどしく弁解していて、手紙と小包という単語が何度も出てきた。しかし銀行家は手紙とも小包とも関係のある指示を一切出していなかったので、彼は召使いに激怒して、明日になったら首にしてやると罵っていた。

一時間後、ブレア＝ルノワール氏はあの恐るべき傷を受けたが、知っての通り、その効果は雷撃のように覿面《てきめん》だった。

彼が死ぬと、わしは隠れていたところから抜け出して、書卓を捜索する作業に取りかかった。引っかき回したことがあらわなように書卓をこじ開けた。強盗の仕業と思わせたかったのだ。最も目立たない引き出しから遺言書を見つけて、すぐにその場で燃やした。それから微量の砒素をテーブルの上にあった茶碗に入れ、再び寝台の下に隠れた。

わしの計画が巧妙に立てられたことがおわかりになるだろう！

翌朝の光景はご存知の通りだ。わしはその騒ぎの最中にこっそりと逃げ出した。屋敷にはたくさんの人が駆けつけたので、気づかれることはなかった」

「あなたの話はちょっと正確ではありませんね」被疑者が自らの所業を話し終えると、僕は言った。「失礼ながら、僕が話を補いましょう」

彼は驚いて飛び上がり、不安そうな視線を僕に投げかけた。

「きっと」僕は続けた。「気づかれるのを恐れて夜に屋敷へ戻り、朝に立ち去ったのは、カセット街に面した戸口ではなく、青狐ホテル沿いのヴォージラール通りへ通じる、庭の小さな出入口からだったことを言い忘れていますね」

「司法警察には何も隠すつもりはないと申し上げたし、実際何も隠していない」被疑者は暗い表情で答えた。

「共犯者の一人、プチ・ポワニャールの名前を除いてはね。その男はあなたを家にかくまい、そして誰にも見られることなくブレア＝ルノワール邸に侵入する方法をあなたに教えたのです」

悪党は心底驚いた表情で僕を見つめた。

「さあ」僕はプロスペル氏がトランクの後ろから見つけた手紙の断片を彼の目の前に突きつけた。「この記号に見覚えはありますね？」

「あんたは魔法使いなのか！」ブーレ・ルージュは真っ青になって叫んだ。「誰がその紙切れをあんたに渡したのだ？　何時間も捜し回って、燃やしたものと思っていたのに……。どうしてあんたが持っているのだ？　しかも、どうやってそれを解読したのだ？」

「どれほど難しい暗号文であってもつねに解かれるものです」僕は答えた。「せめて記号を変えるくらいの用心はすべきでしたね。解読の鍵は、十年前にあなたの最初の共犯者を逮捕したV刑事部長によって発見されていたのです」

「確かに、わしの命運は尽きていたのだな！」ブーレ・ルージュは低い声でつぶやいた。

「昔の仲間に手紙を書いたのだ」僕の方を向いて、まるで指摘した失敗への批判に弁明するかのように話を続けた。「昔の記号を使わざるを得なかった。手紙を書き終えたときに扉がノックされ、その紙切れのことは忘れてしまったのだ……。確かに暖炉に投げ入れたと思い込んでいた。いったいどうやって見つけ出したんだ？」

この尋問の続きは、僕の推測をすべて裏づけるものでしかなく、君がすでに知っている以上のことは何もない。

しかしながら、ブーレ・ルージュが逮捕された翌日にイヴォンヌが亡くなり、庭のずっと奥まった一角にあるブナの木の根元に密かに埋葬されたことは言い添えておかねばなるまい。

エピローグ

マクシミリアン・エレールの冒険譚はこれで終わりである。

以下のページは、本書に数時間の娯楽のみを求めていた読者や、この真実にあふれた物語の結末に好奇心を充分に満たされた読者には、もしかするとあまり興味を惹かないかもしれない。しかし、自らの生命の危険を顧みず、無実の者の命を救い、真犯人をあばいて公正な法の裁きに委ねるために、この青年が成し遂げた驚異的な努力に読者が立ち会った後、また、彼がたぐい稀な勇気をもって踏み込んだ危険な道を、読者がいわば一歩ずつたどった後、戦いの間は彼の成功を祈り、勝利のときには拍手喝采を浴びせた後になってみると、我らが気の毒な友人に関心のある読者はおそらく、人間嫌いのマクシミリアンがその後どうなったのかを、きっとお知りになりたいであろう。

それではこれから手短に述べていこう。

パリに戻るとすぐにエレール君は、帰ってきたので会いに来てほしいという手紙をよこした。今すぐ私に話したいことがあると書かれていた。

彼の招きに応じて私がいそいそと出かけたことは容易に想像できるだろう。手紙を受け取ってから二時間後、私はサン・ロックの丘にある高い建物の最上階の七階に上り、哲学者の屋根裏部屋に赴いた。

日が暮れ始めていた。マクシミリアン・エレールは、私が初めて訪れた一か月前の、あの晩とまったく同じ姿勢をしていた。

薪が二本くすぶっている暖炉の前の安楽椅子に深く腰かけていた。彼の後ろの卓上で蠟燭が灯っていた。この場面に欠けていたのは猫だけだった。きっと、マクシミリアンの留守に乗じて、もっと優しい飼い主と快適な住まいを探しに行ったのだろう。

私が最初にかけた言葉は当然ながら、幸運な結末を迎えた彼の企てと、数々の証しによって素晴らしい勇気を示した哲学者への称賛だった。それに対して彼は途切れとぎれに、素っ気なく返事をするだけだった。長いこと忘れていた出来事、彼にとって煩わしい思い出を、私が口にしたと思われるかもしれない。私は友人の風変わりな性格を知っていたので、この風変わりな応対には驚かなかった。それから彼の健康状態について訊ねた。

「よくなってはいない」顔を軽く背けながら彼は言った。「……ずっと熱がある……不眠症だ」

私は蠟燭を取って暖炉の上に置くと、哲学者の表情を見て、健康状態を正確に診ようとした。そのとき、絶えざる疲労、戦いと動揺の三十日間が、彼の病気を悪化させるどころか、好ましい変化をもたらしているらしいことに私は気づいて、驚きとともに喜びを感じた。初めて会った晩よりも、その目は輝きを増し、顔からは蒼白さもやつれも失せていた。私は観察せずにはいられなかった。彼は首を振って、あくまで反駁した。

「いやいや、一か月前よりよくなっていないことは確かだよ。君は僕を安心させるために、僕がおかれた状況について慰めるために、そんなことを言っているのでしょう……。無駄ですよ、先生、僕は幻想など抱かないし、苦しいのは誰よりもよくわかっているのです」

私は心の中で思った。

『隠そうとしても無駄だよ、頑固な人間嫌い君。君が元気を取り戻していることはわかっている』

彼は言葉を続けた。

「もし迷惑をかけたのなら許してくれたまえ。君の家まで行く体力がなかったんだ……それに、僕がパリにいることを知られたくないんだ。頼みたいことがある。僕が出発する前に託した書類を、できるだけ早く返してくれないか？　書類を片づけておきたいんだ」

「明日には届けるよ」私は答えた。

「ありがとう」

それから、彼は外套のポケットから赤い札入れを取り出すと、ためらいながら黄ばんだ紙幣の束を差し出して言った。

「投獄されているあの哀れな男……ほら……あのゲランは、きっとこれから大変な苦労をするだろう。頼むから、彼に渡してくれないか、ほんの少しだが……」

「ああ、マクシミリアン！」私は力をこめて彼の手を握って言った。「君はなんて優しいんだ！」

この言葉は彼に強い印象を与えたようだ。彼は眉をひそめると、安楽椅子の中でもぞもぞと体を動かして、拗ねた口調でつぶやいた。

「いや、優しいのではない……公平、ただそれだけさ！……僕が生きる人間社会が、あの不幸な男に大きな損害を与えたのだ……。僕は、自分にもある程度この社会の過失に責任があると思っていて……自分なりのやり方で償おうと思っているんだ。僕の行動は実のところとても単純で、君がこれほど感嘆していることに驚いているくらいだ！　それに僕は金持ちで、生活に必要な額をはるかに超える大金を持っている。絶対に不要なものを手放したところで、僕の手柄でも何でもないのさ！」

　ぶっきらぼうに言ったこの宣言を聞いて、私は微笑を禁じ得なかった。ご存知のように医者は、職業柄観察力が養われており、一瞥して肉体と同じくらい深く、精神の病も見当がつく。いつものアルセスト（モリエール『人間嫌い』の主人公で気難しい男の代名詞）の特徴であると同時に名誉である率直さが、このときのマクシミリアンにはいささか欠けているように見受けられた。もちろん彼は無理をして心にもないことを言ったのだ。例えば、一か月前はこのような話し方はしなかった。当時の彼の言葉は辛辣で冷たく鋭かった。彼の心の奥底は深く傷ついており、その悪徳や過失ゆえに人類を軽蔑し、心の底でたぎっている《激しい憎悪》で同胞を包み込んでいるように感じられた。今の彼の口調は不自然で大げさだった。それを聞いていると、『人間嫌い』を演じている田舎の三文役者が頬を膨らませ、手足を派手に振り回して大道具を倒す様子を思わず連想した。自尊心という些細な感情に従い、頑なな性格によって偏狭な頸木《くびき》につながれたマクシミリアン・エレールは、内心に生じた密かな変化を隠そうとしていたが無駄だった。がさつな態度で、かつて私にそう思わせていたように、暗くて疑り深い性格を依然として持っているように装ったが無駄だった。彼の演技に私は騙されなかった。私の知らない苦悩か不幸によるものか、おそらく彼が犠牲となった何か大きな不公平によって、かつて彼の心に憎悪と絶望という毒が注ぎ込まれたのだ。

しかし、神のご加護により、この毒の解毒剤が見つかったのだ！　彼が成し遂げた輝かしく慈悲深い仕事を前に、いったいどうして人間の寛大さを疑うことができようか？　その高潔な努力に対して神が報いた成功を前に、いったいどうして神の力と慈愛を認めずにいられようか？

全人類が従う心理学の法則では、私たちは自身が暮らす限られた世界に基づいて宇宙を判断しがちであり、美徳と欠点という色眼鏡を通して同類を観察するようになる。私たちは心に秘めた秘密の鏡に絶えず視線を定め、そこに映し出される自らの姿を見つめながら、他者の姿という概念を思い描くのである。

もちろん、心の鏡にかくも偉大で気高く美しく映し出された自身の姿を見れば、マクシミリアンが人間とも神とも和解せざるを得なかったことは明らかだった。自らの目に映る自身の姿を引き上げることで、彼は同時に人類全体をも高めたのだ。

私たちはしばし沈黙した。やがてマクシミリアンは立ち上がり、部屋の中を歩き回ってから、戻ってきて私の前で立ち止まると言った。

「先生、会うのは、きっとこれが最後になるだろう。君にお礼を言わなければ、僕は恩知らずというものだ。親切な心遣い、この一か月間に尽くしてくれた手助けに……」

「なんだって！」私は驚いて言った。「パリを離れるのかい？」

「いや」ちょっと悲しげに微笑んで彼は答えた。「それどころか、僕はもっと深く没頭するつもりなのだ……」

私がこの謎めいた言葉の説明を待っていることを察して、彼は話を続けた。

「僕の意図ははっきりしていて、今度の重罪院で自分が人目にさらされるのを避けることだ。僕は『有名犯罪事件集《コーズ・セレーブル》』の主役にはなりたくない。明日になったら、この家、この部屋から出て行く。僕の望みは」——彼はこの言葉を強調して言った——「僕の望みは友人たちに隠れ家を知られないことだ」

「そうは言っても、君の証言が必要だし、判事にとっては不可欠だよ……」

「そんなことはない。殺人犯がすべてを自白したことは、君も知っているだろう」

「君が主役を演じたこの事件で、君の名前が言及されることは避けられないよ」

「そうかな?……予審判事のドノー氏から召喚されても、その名前が本名ではないと、仮定してみたらどうだろう?……世界中で真相をすべて知っているのは唯一人、君だけだ。君を呼んだのは、僕が生きている限り、僕の秘密を決して口外しないと、君の名誉にかけて約束してもらうためなんだ」

「約束する」私は彼の手を握りながら言った。「しかし裁判が終わって、犯人が罰せられ、この事件がすっかり忘却に包まれることになっても、友人たちが会いに行くことを許してくれないのかい?　今夜、永遠の別れを交わさなくてはならないのかい?」

この言葉を口にしながら、私は心を強く動かされていた。マクシミリアンもそれに気づいて、私が示した好意に心を打たれていたようだった。

彼は握手を返して、思いを悟られないように素っ気ない口調で言った。「もしいつの日か偶然再会することがあったら、僕は喜んでお会いしますよ」

――

フランソワ・ボーシャール、通称ブーレ・ルージュは、一八四六年三月二十五日、サン・ジャック門（一八三二年から一八五一年まで断頭台が設置されていた）で大群衆の前で処刑された。

この物語で綴った事件の最後の悲痛なエピソードから数か月後――それは七月前半のことだった――、造幣局の向かいの河岸を通ったとき、古本屋や骨董屋、貝殻商などが屋外に並ぶ陳列台の前で、長身痩軀ですらりとした人物を見かけて、私ははっとなった。その男はいささかくたびれた踵まで届く長いフロックコートを着て、襟を目もとまで立てていた。いわゆるボリヴァール帽が、その広いつばで謎の人物の顔を隠していた。男は顔を隠そうと細心の注意を払っていたにもかかわらず、彼が旧友のマクシミリアン・エレールであることに気づくのは難しくなかった。

私は出会えた偶然に感謝した。何週間というもの、彼を捜して、再会する望みを抱きながらパリ市内のあちこちの地区を歩き回っていたのだ。

いかなる理由から哲学者との交際をできるだけ早く再開しようとしたのかは、のちにわかるだろう。彼は長い指で埃をかぶった本を手に取り、丹念に調べていた。私にまったく気づかなかったので、顔を上げさせるために、彼の肩を叩かなければならなかった。

私を見てもマクシミリアン・エレールは驚きもとまどいもしなかった。古本屋の陳列台に本を戻し、私と握手をした。

「実のところ、先生」彼は言った。「旧友の顔を覚えていてくれて嬉しいです……」

「私の方は」私は笑みを浮かべながら答えた。「君が旧友をすっかり忘れているようだったので、いささか悲しみを感じていたよ。少し前からそばにいたのに……」

「それは失礼しました」彼は熱っぽく言った。「調べものに没頭していたものだから」

「きっと、哲学関係の調べものだろうね？」

「いやいや」マクシミリアンは自分の心から辛い記憶を遠ざけるように答えた。「哲学はわきに放っている。今は歴史に専念しているんだ」

「ほう！」

「うん、フランスの歴史的建造物に関する大作に取りかかっている」

「その研究のために、おそらく頻繁に旅行しているのだろうね？」

「僕がどれほど外へ出ないかは知っているだろう。僕は旅に出たいという気持ちがまったくない。喜んで出かけた唯一の遠出は、グザヴィエ・ド・メーストル（作家。ここでは『わが部屋をめぐる旅』〔一七九五年〕を暗示している）がたどった魅力的な旅路だけだ」

「しかし、もし旅先を部屋の壁の中に制限していたら、君が専念している研究に着想を与える見どころに遭遇することがないと思うがね」

「僕の研究を助けるために、労を惜しまず足を運んでくれる人の意見を参照している。彼らの著作を研究しているんだ」

「君は間違っている」私は医者らしい言葉遣いで言った。

「そんな風に薄暗い隠れ家に引きこもっているのは間違っている。パリの空気が君によくないことは、断言するよ。数か月間、田舎で過ごすべきだ。海辺か、北か南か、どこでもかまわない……。旅ほど効果的な気晴らしはないし、君には気晴らしが絶対に必要だ。数か月前のブルターニュへの遠征は辛いものだっただろうが、精神的にも肉体的にも、君の健康に素晴らしい効果をもたらしたじゃないか」

彼は身振りで激しく否定した。

「反論しようなどとは思わないでくれ」私は朗らかに言い返した。「私の目はごまかせないし、君に好ましい変化が認められて、どれほど感激したか言い表せなかった……。さて、幸運にも出会えたからには、この機会を利用して君を連れ出さなくては……」

「どういうことだい?」彼がさっと後ずさりしたので、私はにやりとした。

「昨年、ノルマンディーの海岸の断崖絶壁の上に、ある素敵な村を見つけたのだ。そこの住民は漁師だけで、パリのブルジョワの足で汚されたことのない土地だ。私はそこで、静かで心安らぐ、筆舌に尽くしがたい満ち足りた数か月間を過ごした。君をそこへ連れて行きたい……」

この提案に彼も不満はないように見受けられた。それでも私の誘いに逆らおうとした。

「なんだって」私に反論するための言葉を探しながら彼は言った。「本気じゃないだろうね!

……いやいや、それは無理だ。始めた仕事を中断したくない……。執筆が波に乗っているところなのは、君もわかるだろう……」

「どうして村で執筆を続けられないんだい？」

「蔵書を持っていくことができないからね」

「蔵書よりももっとよいものがあるよ。いま話した村から二里離れたところに封建領主の古城の廃墟があって、この上なく好奇心をそそられるのだ。そこは考古学者がまだ荒らしていない見事な建物で、いくらでも興味深い発掘品や珍しい発見を君に与えてくれることは確かだよ」

「その城の名前は？」

「トレリヴァン城だ」

　彼は記憶を探っているらしかった。

「ああ！　その名前はほとんど知られていないはずだ」私はさらに続けた。「おそらくどの本にも記載されていない。しかし考古学者に軽視されても、古城の価値は損なわれないし、君がこの廃墟に大いに興味を抱くと確信しているよ」

　私があまりにも懇願するので、彼は反対することも拒否することもできなかった。

　三日後、私たちはマレイユに向かった。その当時は今日とはまったく異なり、ノルマンディーやブルターニュの美しい海岸にも、疫病が蝕《むしば》むようなカジノはまだ広がっていなかった。断崖絶壁の海岸線に沿って六十里行っても、規則正しく一列に並んだ見苦しいテントも、浜辺に打ち込まれたテントの杭も、ハリエニシダや海藻の上に広げられた色とりどりの衣装も見かけることはなかったが、今日ではこれらが岩壁の窪んだ入江ごとに現れて、景観を損なう海水浴場になっている。

パリのブルジョワはあえてブローニュやサン・クルーよりも先に足を伸ばそうとはしないし、大西洋や英仏海峡の海岸への旅を企てるのは、気性の激しい画家や通人くらいである。

素晴らしい天候に恵まれて、私たちは夕方にマレイユに到着した。案内された町で一番の宿屋は小さな岬の上にあり、そこから眼前に広がる海を一望の下に見渡すことができた。

到着すると、それまで私たちのような身分の宿泊客を迎えたことのない、愚直な宿屋の主人は当惑していた。主人は私たちがどこから来たのかと訊ねた。私たちはパリっ子だと答えた。

愚直なノルマンディー人は怪訝《けげん》そうに私を見つめ、伝統的な木綿の縁なし帽をかぶった白髪まじりの頭を横に振った。

「なんですって！　きっと、いや、信じられない。貧しいわしらの生活を笑いに来たんでしょう……。あんたがパリっ子ですって？　そんなまさか。パリっ子ならよく知っています。十年前に一人会ったことがありますが、ちっともあんたみたいじゃなかった。パリっ子というのは、鐘楼みたいに尖った帽子をかぶって、髪は膝まで伸ばし、ビロードの服を着て、背中に大きな箱を背負っているもんですよ」

実直な男の有無を言わせぬ断言に私は微笑んだ。きっと、素晴らしい景色を探していた絵描きを見かけたのだろう。そして、パリの人間はすべて一八三〇年のロマン主義者の服装をしていると思い込んでいるのだ。私の職業につきものの地味できちんとした服装のせいで、明らかにまったくの思い違いをしている。しかしそのとき、長い髪に大きな帽子をかぶったマクシミリアンが部屋に入ってきたのを見て、いかめしい宿屋の主人の信頼を取り戻すことができた。「こいつはいい！」主人は彼を見るなり叫んだ。「……こいつはぴったりだ！　これこそ本物のパリっ子ってもんだ」

私たちは宿屋とは離れた別棟の本館に落ち着いた。

その翌日、食欲を促すため、昼食前に私たちは断崖の上を遠くまで散歩した。

哀れな興味深い友人のために、神が私に力を貸してくれたようだった。空は碧く、日差しは強くて気分を高揚させてくれた。見渡す限り美しく澄んだ海が広がり、あちこちに散りばめられた白や茶色の帆船がそよ風に吹かれ、怯えたカモメのように走っていた。朝の爽やかな風が鼻をかすめて健康的な潮の香りを運んできた。私たちは胸一杯にその壮健な芳香を吸い込んだが、香りだけでは満足できなかった。

私は状況に応じて、植物学や魚釣り、自然史、その他の話題についておしゃべりしながら、マクシミリアンを横目で窺っていた。彼に施した療法の効果を認めて、言葉では言い表せない喜びを覚えた。冷気と北風によって活気を与えられた顔は溌剌として若さを帯びていたが、それは長い間、彼の頬から失われていたものだった。彼は大股で歩いた。黒髪を風になびかせ、いつになく鮮やかに輝く大きな瞳で空を見上げ、おそらく感謝しているのであろうその表情は、個性的な顔立ちを言いようのないほど美しく神々しさに満ちあふれたものにしていた。

そのときの私が抱いた気持ちは、長い間吹きつけた冷たいミストラルの強風によって曲がってしまった灌木が、ゆっくりと上へと枝を伸ばし、新しく青々とした装いに覆われるのを認めた腕利きの庭師と、きっと似たようなものだったに違いない。

二週間というもの、私たちは毎日、野外への健康的な遠出を繰り返した。出発する際、マクシミリアンはときどき訊ねてきた。

「さて！　先生、今日は例の古城の廃墟を訪ねましょうか？」

彼がこう訊くたびに、私はこの計画の実行を先延ばしにする巧みな口実を設けていた。ご察しの通り、トレリヴァンの銃眼のある古城は私の空想の中にしか存在せず、もしマクシミリアンが見せてくれと催促したら私は困り果てていただろう。幸いにも彼は固執することなく、毎朝この小旅行を翌日に延期することで合意してくれた。

マレイユに滞在して三週間が過ぎようとしたある日、とうとう私は彼に言った。

「ねえ、君はどうしてもトレリヴァンの廃墟へ遠征したいと思っているのかい？　あらかじめ警告しておくけど、二里の道のりを往復しなくてはならないから、少なくとも六時間はかかるよ」

「出かけよう！」と答えた彼の若々しく活気にあふれた様子に私は嬉しくなった。「僕の健脚ぶりや疲れをものともしないことに、気づいているだろう！」

マレイユの村の美しく築かれた頂から急斜面を下り、海に背を向けて、私たちは内陸へと進んだ。

マレイユの村を出たあたりから、百歩ほど前方を小柄な農夫が木靴を手に持ち、振り向くことなく駆けているいることに気づいた。私たちはこの小柄な斥候とまったく同じ道をたどっており、お互いに一定の距離をつねに保っていることに、マクシミリアンは気づいていなかった。

三十分ほど早足で歩き、魅力的な木陰の小道やみずみずしく青々とした草原を横切ると、切り立った崖に挟まれ、太陽が金色の薄片をちりばめた緑陰の天井を戴いた道に出た。

道を曲がると、突然、林間の空地の真ん中に広大な農家が見えた。美しいポプラ並木越しに、塗りたての白い壁が日差しに輝いていた。

小柄な農夫はミズキの生い茂る中に姿を消した。

「行こう」私は農家を指さして言った。「よかったら、ここでちょっと休憩するとしよう。今日は日射しがひどく強いし、牛乳を一杯いただくのも悪くないと思うよ」

「いいとも」彼は答えた。「確かに、この農家はなかなか感じがよさそうだ」

私たちは、大きなアヒルがわめき、白い立派な雌鶏が鳴いている、踏み固められた中庭を横切った。

それから、その家の虫食いだらけの重々しい扉へと通じる石段を五段上った。

私が扉の掛け金に手をかけようとした瞬間、扉がいきなり開いた。

マクシミリアンは驚きの声をあげ、数歩後ずさりした。

「ジャンヌ！　ジャンヌ！」すぐに、途切れとぎれに息を弾ませた男の声が叫んだ。「早く来い……早く来るんだ……ほら！」

戸口に三十歳くらいの農夫が、顔を牡丹のように朱に染めて、泣き笑いしながら立っていた。

農夫は大きな手を叩いて、私たちと家の奥を交互に見ては、熱狂的な喜びを身振りで繰り返し示した。

「ジャンヌ！　あのお方がいらっしゃると言っただろ！……さあ、急いで！　ああ！　神さま、ありがとうございます！　ジャンヌ！　ジャンヌ！」

「ルイ・ゲランか！」微かに顔を青ざめてマクシミリアンがつぶやいた。

そして彼は笑みを浮かべて私の方を向くと、ため息をついて言った。

「そうか！　なるほど、そういうことか！」

その間にルイ・ゲランは――ほかならぬ当人が――石段を下りていた。ごく自然に感謝の念に駆られて、純朴な青年はマクシミリアンの前にひざまずくと、彼の手を取って口づけし、涙で濡らした。

「あなたさまですね！」彼は繰り返し言った。「あなたさまが私を救ってくださったのです！」

「どうか頭をお上げください、ねえ君、頼むから頭を上げてください」マクシミリアンは優しい声で言って、ゲランの方へ身をかがめたが、その目には穏やかな笑みが湛えられていた。

「さあ、ゲラン」今度は私が話に加わった。「落ち着いて、そして君の奥さんを紹介してくれないか」

農夫は立ち上がり、赤くなった目を拭うと、敷居をまたいで家の中へ姿を消した。

二人だけになり、私がマクシミリアンの方を見ると、彼は物思いに耽り、感情を表に出すまいと努めているらしかった。

「どうだい？」私は訊ねた。

彼は私の手を握ると、少し顔を背けて、弱々しい声で一言だけ言葉を発した。

「ありがとう！」

すると間もなく、ゲランが十八歳の溌剌とした可憐な田舎娘と手をつないで現れた。娘は顔を真っ赤に染め、目を伏せながら私たちの方へ近づいた。

ゲランは彼女に、勇気を出して、かねてから用意しておいた感謝の言葉をマクシミリアンに向かって述べるようにと合図した。

しかしジャンヌは恥ずかしそうにいよいよ顔を赤く染めて、話し出せずにいた。

やがて、娘は意を決したようにマクシミリアンに近寄ると、気品と純朴さに満ちた魅力的なしぐさで、みずみずしく美しい頬を近づけた。これは断言するが、哲学者はいつもの人見知りな態度をかなぐり捨てて、その左右の頬に優しく接吻したのである。

哀れなゲランの喜びと感謝の念の発露が少し鎮まると、私は彼のささやかな農場を案内してくれるように頼んだ。

彼は妻の腕を取ったが、この純朴な青年の脚はがくがくと震えていたので、妻の腕に支えられながら、私たちに次々と彼の財産を見せてくれた。二頭の雌牛が黙々と反芻している牛小屋、家禽類の騒がしい鶏小屋、酪農場、巨大な醸造桶が次のリンゴの収穫を待っている圧搾機、要するに、彼にとって貴重なこれらすべての財産はマクシミリアン・エレールの施しのおかげなのだ。

案内する間ずっと、彼は絶えず私の友人に熱のこもった心にしみる感謝を表し続けた。

熱く将来の計画を話している最中に、たびたび話を中断して、こう叫ぶのだった。

「考えてみると、ムッシュ、これもすべてあなたさまのおかげです！　あなたさまがいなかったら、ああ！　神さま！　いったい私はどうなってしまったことでしょう？」

そして、逮捕され牢獄で過ごした夜の悲痛な記憶が恐ろしい幽霊のように心によみがえってくると、彼は両手で頭を抱えた。

これらの慎ましい財産を眺め、かくも純真でかくも快活に幸福を素朴に語るのを聞いて、マクシミリアン・エレールにかくも素晴らしい献身と寛大の精神を吹き込んだ神に、私は心の底から感謝した。

マクシミリアンも、きっと私が抱いた感動を分かち合っていた。というのも、彼の顔には、私がかつて見たことのない笑みを湛えた、幸せな表情を浮かべていたからだ。

細い道を通って農家へ戻るとき、私たちの前を若い農夫とその妻が腕を組んで歩いていると、マクシミリアンが突然立ち止まって、私の手を取って力強く握り、感極まってうわずった、いわば涙に濡れた声で言った。

「ああ！　我が友よ、なんて素晴らしい気持ちなんだろう！……安心したよ！　そして、僕もまた君に言いたい。ありがとう！　君は僕のことも救ってくれたのだ！」

訳者あとがき

本書『マクシミリアン・エレールの冒険』の著者アンリ・コーヴァンは、一八四七年二月二日にパリで生まれました。

父親のアンリ＝アレクシ・コーヴァンは著名な法律家としてレジオン・ドヌール勲章を受勲しており、法律専門誌の刊行に携わるジャーナリストでもありましたが、一八五八年に息子が十一歳のときに亡くなっています。息子のコーヴァンも法律を学ぶべく一八六七年にパリ大学法学部へ入学し、一八六九年に中央財務局に採用されて官吏の道を歩みはじめます。一八七〇年に普仏戦争が勃発すると主計官として従軍しますが、フランスはプロイセンに敗戦。講和条約が締結されたものの、降伏に反対する革命自治政府パリ・コミューンが鎮圧される一八七一年五月まで混乱が続きました。コーヴァンは一八七一年九月に中央財務局へ復職します。

そのかたわらコーヴァンは、パリのヴィクトル・ルコフル社から刊行されていた週刊誌 La Semaine des Familles に一八七〇年から七一年にかけて初めての小説『マクシミリアン・エレール、または自覚なき篤志家』（*Maximilien Heller ou un philanthrope sans le savoir*）を連載し、それを一八七一年に書籍化したものが本書です。これはコーヴァンが二十四歳のときで、一八七五年、一八八九年、一八九七年と再版を重ねており、のちに『凶器の針』（*L'Aiguille qui tue*）という題名で出版されたこともあります。

続いてコーヴァンは、シャルル五世の治世を描いた歴史小説『ヘントの王』（*Le Roi de Gand*）を一八七三年にルコフル社から刊行します。この二つの小説をもってコーヴァンは文学協会の会員に選出されました。さらに一八七五年にはシャルル七世の治世を描いた歴史小説『黄金の四輪馬車』（*Le Chariot d'or*）を同社から刊行し、一八七七年に教育功労章を受章しています。

コーヴァンの推理小説としては、『マクシミリアン・エレールの冒険』に続いて、一八七九年に短編集『奇妙な愛』（*Les Amours bizarres*）をカルマン・レヴィ社から刊行し、一八八一年に『エヴァの死』（*La Mort d'Éva*）を、一八八二年に『スパイ、ローザ・ヴァレンタン』（*Rosa Valentin. L'Espion*）を、そして一八八五年に『血まみれの手』（*La Main sanglante*）を、それぞれ同社から刊行しています。

コーヴァンは官吏としても要職を歴任し、オート＝サヴォワ県財政部長、ウール県財政部長を務め、さらに陸軍高等会議への功労を認められて一八九一年にレジオン・ドヌール勲章を叙勲されました。一八九九年十月十三日、五十二歳の若さでスイスのローザンヌにて死去しました。

私が本書のことを初めて知ったのは一九九五年十月、パリに開館した推理小説図書館《BILIPO》で出会ったフランス・シャーロック・ホームズ協会（SSHF）のティエリ・サンジョアニ会長から、シャーロック・ホームズとフランスのつながりを示す一冊として紹介されたときでした。

"Maximilien Heller ou un philanthrope sans le savoir."（「マクシミリアン・エレールの冒険」）第二部の連載第一回が掲載された『La Semaine des Familles』1871年4月1日号。フランス国立図書館所蔵。

一九九七年にオンブル社から本書が再版されたので入手して読み始めたところ、シャーロック・ホームズとのあまりの類似に驚かされました。早速、日本シャーロック・ホームズ・クラブ（JSHC）で紹介したところ、日本では一九八五年に松村喜雄が『怪盗対名探偵　フランス・ミステリーの歴史』（晶文社）で、ミシェル・ルブラン『推理小説年鑑』（一九八〇年）の引用として言及されているだけだと知りました。二〇〇二年の小倉孝誠『推理小説の源流』（淡交社）でも短く紹介されただけでした。

そこで本書の翻訳に取りかかり、二〇〇九年にJSHCの年鑑『ホームズの世界』に論考「マクシミリアン・エレール　シャーロック・ホームズのもう一つの原型」を寄稿しました。そしてこのたび『マクシミリアン・エレールの冒険』の原著刊行から一五〇年目にして、このときの翻訳を論創海外ミステリから刊行していただけることになりました。

本書はフランスの古典ミステリとしても楽しめますが、それ以上に、シャーロック・ホームズの原型を探って推理していく楽しみがあります。

シャーロック・ホームズの原型をめぐっては、さまざまな候補があります。

シャーロック・ホームズ冒険譚の第一作『緋色の研究』でも言及されているデュパンやルコッ

ク、そして作者アーサー・コナン・ドイルのエディンバラ大学医学部時代の恩師ジョゼフ・ベル博士などがよく知られています。デュパンが登場するエドガー・アラン・ポー『モルグ街の殺人』は一八四一年、ルコックが登場するエミール・ガボリオ『ルコック探偵』は一八六九年の発表です。

一方、『マクシミリアン・エレールの冒険』が刊行されたのは一八七一年であり、『緋色の研究』が刊行された一八八七年の十六年前にさかのぼります。本書を読み終えた読者は、デュパンやルコックとは比べものにならないほどシャーロック・ホームズとマクシミリアン・エレールの類似点に驚かれたことと思います。

マクシミリアン・エレールは長身で痩せており、白くほっそりとした神経質な手、物憂げな表情など、シャーロック・ホームズを思わせる容貌をしています。さらに人づき合いが悪くて友人が少ないが、相棒には深い信頼を寄せています。知識の探求に情熱を傾け、やや傲慢なところもあります。そして事件に挑むときは別人のように活動的になり、「僕は狩りをする猟犬グレイハウンドのように、一瞬たりとも見つけた獲物を見失いたくないのだ」と語るエレールは、「まるで獲物のかくれ場所へ突進するハウンドのような」ホームズを彷彿とさせます。

ホームズは『緋色の研究』でスタンフォード青年から「犯罪事件にかけては、まるで生き字引みたいですね」と言われていますが、エレールも法廷で弁護士をしていたことから犯罪史に詳しく、被疑者のゲランが無実と確信するエレールは「(冤罪で処刑された) ルシュルクとカラスは、人間による裁きに殉じた者の仲間を迎えることになるでしょうね」と四章で語っています。これは作者のアンリ・コーヴァンがパリ大学法学部で学び、父親がパリ王立裁判所の弁護士であったこともあるでしょう。

そして九章ではエレールが変装して「私」を訪れて驚かす場面がありますが、これは『四つの署名』や『空家の冒険』でホームズが変装してワトソンを驚かせる場面を思わせます。さらに十四章では「完璧な伊達男」に変身して舞踏会に登場し、社交界の華である伯爵夫人とワルツを踊って魅了していますが、これも『犯人は二人』で景気のいい鉛管工に変装し、ミルヴァートン家の女中アガサを口説いて婚約してしまったホームズに通じるところがあります。

シャーロック・ホームズの宿敵であるモリアーティ教授は、「彼は犯罪者中のナポレオンだ。大ロンドンの未解決事件のほとんど全部と、悪行の半分の支配者だ」「犯罪社会のナポレオン的なこの存在を一端として、スリ、恐喝常習者、カード詐欺師など社会の害悪にいたるまで、ありとあらゆる犯罪者をふくめて一連の鎖をなしている」と紹介されていますが、本書のウィクソン博士も、「このように複雑な犯罪を計画し、大胆さと巧妙さを同時に発揮できる、世界で唯一人の男を知っているのではないか?」「それは犯罪者組織に関するもので、驚くべき大胆不敵な強盗事件は何度となくパリの住民を震え上がらせていた」と紹介され、英仏で双璧をなす存在として描かれています。そして、シャーロック・ホームズの相棒であるドクター・ワトソン、マクシミリアン・エレールの宿敵であるドクター・ウィクソン……これも偶然でしょうか?

ＪＳＨＣ会員でもある英文学者の小池滋氏は「推理小説とは都市小説である」と説かれていますが、『マクシミリアン・エレールの冒険』もこれに当てはまります。エレールも「私」もウィクソンも都会人であり、『バスカヴィル家の犬』のダートムアにあるバスカヴィル館も、本書のブルターニュにあるケルガン館も、都市の人間がやって来て遺産相続をめぐって殺人事件を起こす舞台となります。バスカヴィル家の犬もケルガン館の熊も自生ではなく人間によって飼われているものです。

そしてクリストファー・フレイリング『悪夢の世界　ホラー小説の誕生』（一九九六年、邦訳は東洋書林から一九九八年）では、『バスカヴィル家の犬』の成功を次のように説明しています。

「バスカヴィル家の犬」の中ではワトソン博士をダートムアに送ることによって、はじめて単一の語りの統一性を達成することができたのである。

彼はまた六章から十一章までホームズを登場させないことによって、たんに短編小説の概念を、長編小説にまで広げたにすぎないと思われる危険性を免れた。ワトソン博士がダートムアから送る報告書は、語りの緊張感を持続させると同時に、最終的に姿をあらわしたホームズが分析するテクストを、提示するという機能を果たしている。

ワトソンがダートムアから手紙を送ったように、『マクシミリアン・エレールの冒険』の第二部も一章から十四章までエレールがブルターニュから送った手紙で綴られています。

シャーロック・ホームズ冒険譚と『マクシミリアン・エレールの冒険』に見られる類似点は、果して偶然の一致なのでしょうか？

ここで誰もが考えるのは、「コナン・ドイルが『マクシミリアン・エレールの冒険』を読んでいたのではないか？」ということです。コナン・ドイルの書簡などには、残念ながら『マクシミリアン・エレールの冒険』を知っていた痕跡は見られません。しかし、コナン・ドイルが一八七〇年から七五年までストニーハースト・カレッジという寄宿学校に在学していたとき、一八七三年の母宛の手紙にジュール・ヴェルヌの『海底二万里』や『気球に乗って五週間』などフランス語の本を読んでいると綴っていますし、さらにパリ在住の美術評論家であるマイケル・コナン大伯父からトーマス・マコーリーの『古代ローマ詩歌集』が送られてきたと報告しています。そしてエドガー・アラン・ポーの『黄金虫』を読み感動したというコナン・ドイルに、当時フランスで人気だった推理小説『マクシミリアン・エレールの冒険』を大伯父が勧めていたとしても不思議ではないでしょう……。

本書で語られた《ブレア＝ルノワール事件》は、第一部1章で一八四五年一月三日の出来事とされていますが、第二部4章ではマクシミリアン・エレールがケルガン館に潜入しているのは一八四六年一月二十五日とされています。ちなみに手紙には水曜日の出来事と書かれていますが、一八四五年の一月二十五日は土曜日、一八四六年は日曜日なので、どちらかは断定できません。『マクシミリアン・エレールの冒険』は週刊誌に連載された小説を書籍化したものですが、第一部が一八七〇年七月十六日号から九月三日号に掲載された後、普仏戦争のパリ攻囲戦のために休刊してしまったため、第二部が掲載されたのは同誌が復刊された一八七一年四月一日号から五月二十七日号でした。コーヴァンは普仏戦争に従軍していたこともあり、七か月の休載中にこの違いが生じてしまったのかもしれません。

いずれにせよ、当時フランスはルイ・フィリップ国王の治世下で、産業革命にともないブルジョワ階級が経済的、政治的に勃興しつつありました。殺害された銀行家で富豪のブレア＝ルノワールも、このようなブルジョワ階級だったのでしょう。

そして本書で「高名な警察官」「V刑事部長」として暗示されているのは、パリ警視庁捜査局を創設したフランソワ・ウジェーヌ・ヴィドックで、一八四六年にはロンドン警視庁を訪れて犯罪捜査学について講演をしています。ヴィドックおよび当時の犯罪捜査については、ヴァルター・ハンゼン『脱獄王ヴィドックの華麗なる転身』（論創海外ミステリ２５９）に詳しいのでご参照ください。

第二部の舞台であるケルガン（Kerguen）は封建領主ブレア＝ケルガンの館がある地名で、現地のブルターニュ語では「ケルグェン」と発音しますが、パリが舞台の第一部で「ケルガン」と表記したので、読者の混乱を避けるために「ケルガン」で統一しました。

本書の翻訳に協力してくれたフランス・シャーロック・ホームズ協会（ＳＳＨＦ）のティエリ・サンジョアニ会長をはじめ、セバスチャン・ル＝パージュ氏、アレクシ・バーキン氏、ベルナール・プリュネ氏、そしてロラン・ニコラ氏に感謝いたします。特にアンリ・コーヴァンの経歴については、ニコラ氏の研究に依っています。

本書を翻訳するにあたっては、シャーロック・ホームズ冒険譚を初めて全訳された延原謙氏の文調を意識して言葉を選び、エレールとホームズの世界が重なるように努めました。

二〇一八年に私家版として訳書を刊行された小林晋氏には、ぎこちない拙訳をこなれた読みやすい文章に推敲するために、随所で表現を参考にさせていただきました。

拙訳の校正をしてくださった横井司氏、解説を寄せてくださった北原尚彦氏、暗号図版の画質調整ではフレックスアートの加藤靖司氏にご協力いただきました。記して感謝いたします。

そして本書を世に送り出してくださった論創社の黒田明氏にお礼を申し上げます。

エレールはホームズの原型なりしや

北原尚彦〈作家・翻訳家・ホームズ研究家〉

アーサー・コナン・ドイルの生んだ名探偵シャーロック・ホームズ。いまや名探偵の代名詞となり、その姿はアイコンとすら化している。そんな世界一有名な名探偵に「知られざるモデルがいたかもしれないい」というのだから興味津々ではないか。それが本書、アンリ・コーヴァン『マクシミリアン・エレールの冒険』である。

訳者の清水健氏は二〇〇九年、日本シャーロック・ホームズ・クラブの会誌〈ホームズの世界〉三十二号に「マクシミリアン・エレール　シャーロック・ホームズのもう一つの原型」という論考を発表。その中において既に、氏による邦訳が論創社から刊行されると予告されていた。当方は首を長くして待っていたのだがなかなか刊行されず、（途中《ROM叢書》から小林晋氏による同人出版がされるなどして）半ば諦めかけていたところ、干支が一回りした二〇二一年に遂に刊行されることとなった。実にめでたい。その解説に御指名を頂いては、とてもお断りできずお受けすることになった次第。

とはいえゲラで本文を読み終えて、さあ解説を執筆しようとしてみれば、清水氏による「訳者あとがき」で重要なことはほとんど書かれているではないか。というわけで、本稿は「まだらの蛇足」（©新保博久氏）というか「空屋上《くうおくじょう》に屋を架す冒険」であるとご承知の上でお読み頂きたい。

『マクシミリアン・エレールの冒険』はフランスの作家アンリ・コーヴァンによる探偵小説で、一八七一年に刊行された。この主人公マクシミリアン・エレールは、シャーロック・ホームズと共通項がとても多い。キャラクター像だけでなく、ストーリーから醸し出される雰囲気までそっくり。当方は、読んでいてついついマクシミリアン・エレールとその相棒をシャーロック・ホームズ&ワトスンのビジュアルに脳内変換してしまった。

シャーロック・ホームズが『緋色の研究』によって初登場したのは、一八八七年のこと。つまり一八七一年の『マクシミリアン・エレールの冒険』の方が先。よって、アーサー・コナン・ドイルはシャーロック・ホームズを生み出すに当たって、『マクシミリアン・エレールの冒険』をモデルにしたのではないか、とシャーロッキアン――シャーロック・ホームズ研究者たち（それも特にフランスの）――によって類推されているわけなのである。

一方、『マクシミリアン・エレールの冒険』は、ミステリ研究者たちによって言及されることは少なかった。フランスの作家によるミステリ評論に、目を通してみよう。フレイドン・ホヴェイダ『推理小説の歴史』（邦訳・東京創元社／福永武彦訳／一九六〇年）及び『推理小説の歴史はアルキメデスに始まる』（邦訳・東京創元社／三輪秀彦訳／一九八一年）、ボワロー＝ナルスジャック『推理小説論』（邦訳・紀伊國屋書店／寺門泰彦訳／一九六七年）及び『探偵小説』

（邦訳・白水社／篠田勝英訳／一九七七年）、トマ・ナルスジャック『読ませる機械＝推理小説』（邦訳・東京創元社／荒川浩充訳／一九八一年）、J・P・シュヴェイアウゼール『ロマン・ノワール』（邦訳・白水社／平岡敦訳／一九九一年）、アンドレ・ヴァノンシニ『ミステリ文学』（邦訳・白水社／太田浩一訳／二〇一二年）には、『マクシミリアン・エレールの冒険』に関する記述は見当たらなかった。

ローベール・ドゥルーズ『世界ミステリー百科』（邦訳・JICC出版局／小潟昭夫監訳／一九九二年）では、「アーサー・コナン・ドイル」の節の中で短く言及があり、シャーロック・ホームズとの類似についても書かれていたが、これはミッシェル・ルブラン『フランス推理小説ガイド』からの引用ということであった（後述）。

ジャック・デュボア『探偵小説あるいはモデルニテ』（邦訳・法政大学出版局／鈴木智之訳／一九九八年）では本文で作者名と『マクシミリアン・エレールの冒険』のタイトルのみ触れられており、訳注で説明が補足されていた。但しホームズとの類似については言及なし。

『マクシミリアン・エレールの冒険』を日本に知らしめたのは、松村喜雄（一九一八～九二）の『怪盗対名探偵』（晶文社／一九八五年）ということになるようだ。これはフランス・ミステリの歴史を研究した評論で、日本推理作家協会賞を受賞した労作。ちなみに松村喜雄は江戸川乱歩の親戚（従姉妹の息子）で、推理作家であり翻訳家であり評論家でもあった。日本シャーロック・ホームズ・クラブにも所属しており、わたしも若い頃に例会で何度も会っている。当時はそのありがたみをよく分かっておらず、後に氏が亡くなってから「しまった、もっと色々聞いておけばよかった」と悔やんだものである。

『マクシミリアン・エレールの冒険』について述べられているのは、『怪盗対名探偵』における「密室」の章。ミッシェル・ルブラン『推理小説年鑑』一九八〇年版によってまずその存在を知り、後に（後版ではあるが）原書を入手したという。ちなみに先述のローベール・ドゥルーズ『世界ミステリー百科』中の『マクシミリアン・エレールの冒険』に関する言及の基となった書として挙げられているミッシェル・ルブラン『フランス推理小説ガイド』も、この『推理小説年鑑』のことと推測される。どうやら『マクシミリアン・エレールの冒険』再評価のきっかけとなったのは、ミッシェル・ルブランのようである。

『怪盗対名探偵』では、『マクシミリアン・エレールの冒険』は主なストーリーの紹介とともに、シャーロック・ホームズと類似点が多いこと、密室殺人の古典として重要であることなどが語られている。ただ、ウィクソン博士と「私」を混同するなどミスが幾つかあるのが残念なところ。なまじ「ウィクソン博士」と「ワトスン博士」と似ているだけに、無理からぬことではあるが。

松村喜雄は「ホームズ研究家の小林司氏にお聞きしたが、この作品は初耳とのこと」だったというから、『怪盗対名探偵』発表以前に日本シャーロック・ホームズ・クラブの創設者・主宰者だった小林氏（一九二九〜二〇一〇年）の耳には入っていたようである（それがクラブの会合でのことだったとしたら……その場に居合わせたかった！）。

日本人によるフランス・ミステリに関する文献では、長島良三『メグレ警視のパリ　フランス推理小説ガイド』（読売新聞社／一九八四年）もあるが、『マクシミリアン・エレールの冒険』への言及はなし。もっとも、これはタイトルが示す通りに半分以上がメグレ及びジョルジョ・シムノンに関する本なので、致し方あるまい。

二十一世紀になってから発表された小倉孝誠『推理小説の源流 ガボリオからルブランへ』（淡交社／二〇〇二年）は、フランス・ミステリの古典について解説した本であり、ガボリオの後継者のひとりとして短いながらもコーヴァンに言及され、『マクシミリアン・エレールの冒険』も紹介された。

マクシミリアン・エレールとシャーロック・ホームズの類似点について、主だったことについては清水氏が「訳者あとがき」で述べているが、少しばかりその補足をしつつ、改めて整理してみよう。

まずは痩身長軀などの外見。事件がない時には物憂げだが、調査に取り掛かるや活動的となるキャラクター。犯罪史に詳しいとか、変装を得意としているといった特徴も共通。薬物に依存している、というところまでそっくりだ（ホームズはコカイン、エレールは阿片）。

エレールが推理において「事実を、ただ事実のみを求める」という方針は、ホームズの「データ、データ、データだよ！」（「ぶな屋敷」）という名台詞（以降ホームズ引用は北原訳）と同趣向。

「犯罪の迷宮から僕を確実に導いてくれる糸」という比喩も、ホームズの「糸の束を解いて緋色の糸を引き抜き、端から端まで明るみに出すことがぼくの仕事だ」（『緋色の研究』）という言葉に似ている。それに『緋色の研究』は、元は『もつれた糸かせ（*A Tangled Skein*）』という仮題だった。

相棒が医師であることや、彼が物語の「語り手」も務めること、友人の紹介で知り合うことになったところも同様である（つまり本作における「ジュール・H」氏が、ホームズとワトスンを引き合わせたスタンフォードの役どころ）。但し相棒に名前は与えられておらず「私」としか記述されないところは、エドガー・アラン・ポーのオーギュスト・デュパン物と共通している。

凶器が毒薬であるところは、ホームズ物第一作『緋色の研究』と同じ。後半に出てくる別な毒物は「クラーレ」で、これを「インド人は蛇毒と混合する」という。クラーレはホームズの「サセックスの吸血鬼」に出てくるし、インドの蛇毒と言えば正にあれではないか。

二部構成となっていて後半の舞台が変わるところは、ホームズ長篇『緋色の研究』や『恐怖の谷』の特徴でもある。その第二部で、エレールは少年を使って手伝いをさせる。これはホームズのベイカー街イレギュラーズや『バスカヴィル家の犬』におけるカートライト少年と同様。

さて。これほど類似点のある『マクシミリアン・エレールの冒険』だが、アーサー・コナン・ドイルは果たして本当にこれをシャーロック・ホームズのモデルとしたのだろうか。そして、その証拠はあるのだろうか。

コナン・ドイルの自伝『わが思い出と冒険』（邦訳・新潮社／延原謙訳／一九六五年）を見てみよう。コナン・ドイルは『緋色の研究』を執筆するにあたって、構想においてはガボリオを、人物像においてはデュパンを参考にしたようなことを書いている。そしてシャーロック・ホームズそのもののモデルは、恩師ジョウゼフ・ベルである――と。生憎、『マクシミリアン・エレールの冒険』への言及はない。

スタシャワー&レレンバーグ&フォーリー編『コナン・ドイル書簡集』(邦訳・東洋書林/日暮雅通訳/二〇一二年)はコナン・ドイルの残した膨大な私信から六百通を抽出した貴重な資料だが、そこには「こんな本を読んだ」という記述もしばしば出てくる。残念ながら、それらの中にも『マクシミリアン・エレールの冒険』の題名は出てこない。

コナン・ドイルへのインタビュウ「シャーロック・ホームズの真相」(邦訳は創元推理文庫『まだらの紐 ドイル傑作集1』に北原尚彦訳で所収)でも、「探偵役のアイディアは、私が助手として働いていたエディンバラの教授から思いついたのですが、一部はエドガー・アラン・ポオの探偵にも触発されました」と語っている。

しかしコナン・ドイルは、そこでこうも語っていた。『緋色の研究』の前に「半ダースかそこらの探偵小説を、英語フランス語取り混ぜて読んだのです」と。

〝英語フランス語取り混ぜて読んだ〟! フランス語の探偵小説については、これまではガボリオの『ルコック探偵』だと考えられてきたが、もしかしたらそこに『マクシミリアン・エレールの冒険』も含まれていた可能性があるではないか。

英国とフランスは常にライヴァル意識が強い。コナン・ドイルも、モデルがフランスの探偵小説だったがためにはっきり書けなかった、という考え方もできる。だがコナン・ドイルは『勇将ジェラールの回想』および『勇将ジェラールの冒険』においてナポレオン戦争を舞台にしつつも、主人公をあえてフランス側の軍人に設定している。だから、もしマクシミリアン・エレールが本当にシャーロック・ホームズのモデルだった場合、コナン・ドイルは「その事実を絶対に隠そう」とは考えなかっただろう。

密室ミステリの大家ジョン・ディクスン・カーは、コナン・ドイルの遺族に依頼され、遺された膨大な資料をふんだんに利用して、伝記『コナン・ドイル』を執筆した（邦訳は早川書房から大久保康雄訳で複数ヴァージョンあり）。もしもその資料の中にホームズそっくりな探偵マクシミリアン・エレールが活躍する本が含まれていたら、それに言及していそうなものである。だから、少なくともその段階ではコナン・ドイルの蔵書に『マクシミリアン・エレールの冒険』がなかった可能性は大だ。

とはいえ、コナン・ドイルの遺族（特にアドリアン・コナン・ドイル）は、「シャーロック・ホームズのモデルはコナン・ドイル本人である」というスタンスをとっていた。コナン・ドイル自身がベル教授に影響を受けている、と語っているにもかかわらずである。それゆえ、コナン・ドイルの蔵書に『マクシミリアン・エレールの冒険』が残っていたら（そしてそれに目を通したら）、それをカーに見せる前に秘かに処分してしまいそうな気もする。……ちょっと陰謀論めいてきてしまったが、これはあくまで憶測です。

というわけで、現在のところはっきりとした証拠は見つかっていない。さて、ここからはシャーロッキアン的なこじつけである。

「エレール」はフランス語なのでHの発音がされないが、つづりは「Heller」。つまり頭文字は「ホームズ」と同じHなのである。「マクシミリアン」は当然ながら頭文字Mなので、イニシャルは「M.H.」。これはシャーロック・ホームズの兄マイクロフト・ホームズのイニシャルと同じなのだ。また、ムッシュ・マクシミリアン・エレールのスペル（Monsieur Maximilien Heller）からは、「Holmes」の文字を見出すこともできる。

これらこそ、マクシミリアン・エレールがシャーロック・ホームズのモデルであることを暗示している、コナン・ドイルの残した手がかり……かもしれないし、違うかもしれない。作者名「コーヴァン」も、「コナン」と発音が似ている——いや、これはもう完全に結論ありき、牽強付会だ。

『マクシミリアン・エレールの冒険』の英訳は電子書籍版が出ており、シャーロック・ホームズのモデルである、と銘打たれている。それはいいが、ものによってはホームズそのもののイラストを表紙に使っている場合もあり、それはいくらなんでも……と思ってしまうところ。

しかし『マクシミリアン・エレールの冒険』は、シャーロック・ホームズの原型であるかもしれないということに加えて、「アマチュア探偵」が「密室殺人」の謎を解く、という物語をホームズ以前の時代において書いたということも非常に重要である。英米のミステリ史研究においては触れられることの少ないこの作品、もっと注目されてしかるべきだろう。

ともあれ、資料性は非常に高いのに容易に読むことのできなかった『マクシミリアン・エレールの冒険』がこうして《論創海外ミステリ》の一冊として刊行されたのだから、実にありがたいことである。アンリ・コーヴァンは他にも探偵小説を書いているので、これをきっかけに我が国で翻訳や研究が進むことを望みたい。

〔著者〕
アンリ・コーヴァン
1847年、パリ生まれ。パリ大学法学部を経て、中央財務局に採用され官吏を務めるかたわら、創作活動をおこない、71年に処女作『マクシミリアン・エレールの冒険』を刊行する。推理小説や歴史小説を手がけて文学協会の会員に選出され教育功労章を受章し、官吏としても要職を歴任した功績からレジオン・ドヌール勲章を叙勲された。1899年死去。

〔訳者〕
清水　健（しみず・たけし）
1966年、東京生まれ。ロンドン大学ユニバーシティ・カレッジ数学科博士課程修了。日本シャーロック・ホームズ・クラブ（JSHC）、フランス・シャーロック・ホームズ協会（SSHF）およびロンドン・シャーロック・ホームズ協会（SHSL）会員。

マクシミリアン・エレールの冒険《ぼうけん》
――論創海外ミステリ　265

2021年5月20日　初版第1刷印刷
2021年5月27日　初版第1刷発行

著　者　アンリ・コーヴァン
訳　者　清水　健
装　丁　奥定泰之
発行人　森下紀夫
発行所　論　創　社
〒101-0051　東京都千代田区神田神保町2-23　北井ビル
TEL:03-3264-5254　FAX:03-3264-5232　振替口座　00160-1-155266
WEB:https://www.ronso.co.jp

組版　フレックスアート
印刷・製本　中央精版印刷

ISBN978-4-8460-2018-7